涛声回响六百年

——钓鱼岛之歌

张秋烨 著

作家出版社

世代传唱的词话，就是这个民族的史诗

——题记

热情拥抱大海与家国

——序张秋铧长诗《涛声回响六百年》

◎ 梁鸿鹰

一个热爱生活的老者，有一天在面对大海的时候，忽然发现自己被大海的辽阔神奇所激发、触动和感染，他要拥抱大海。

一个热爱历史的写作者，有一天在翻看史册的间歇，萌生了为美丽而迷人钓鱼岛写史立传的强烈冲动，他要放歌家国之爱。

这说的就是发奋创作长诗《涛声回响六百年》的张秋铧。这位成长于江汉平原的写作者，本来已经到了颐养天年、含饴弄孙的年华，但他胸怀着赤子之心，赤手空拳地面向自己认定的大海的方向，向大海里那个辽远的目标出发了——全然不顾"霜雪落满了已如衰草的鬓发"，不顾心脏支架的不断增添。而且他是放弃掉自己得心应手的小说创作，转而从事吃力不讨好的长篇历史题材诗歌创作的，他很有些知其不可而为之的毅力。他为了"让大海从睡梦中睁开眼睛"，克服种种困难去"检索逝去的层层叠叠波涛，寻找被记忆遗失的碎片"。他钻研历史、穷究真相，他实地探访、字斟句酌，"在艰辛放逐的路上，匍匐前行了一千六百个日夜"，为此他无怨无悔。

于是，当翻开《涛声回响六百年》的时候，我们能够清楚地感受到深沉博大的爱国主义的强烈撞击，更受到昂扬奋发民族自豪感的热情激励。诗人说自己是在日车月轮所碾轧出的深如沟壑的辙印中从事创作的，果然，我们会随着作者的笔触，在诗行的节奏、韵律和意境中，领略历史之美、江山之美和人性之美。

“自从盘古开天地/混沌世界初始化/虫蛇猛兽多凶恶/黄泥造人满天涯”。胸怀古今、视野开阔，是谋就历史题材长诗的必要条件，诗人开篇将书写的笔触伸向瑰丽的远古传说，从久远的历史中揭示钓鱼岛的来历。他认定，是女娲娘娘炼石补天之后，再次巡游东海时，将剩下的几块五彩碎石投向东海，远方海洋青烟袅袅处，“几座大小岛屿礁石，像几个惹人喜爱的童子，于蓝天白云之下，碧波清浪之中，自由自在地嬉笑玩耍”，这就是钓鱼岛的来历。这一神话的提炼，富于诗意地表达了诗人对祖国固有领土的热爱与眷恋，他想借神话，为自己的书写对象钓鱼岛赋予更多的神奇、神秘与神性。

时间诉说一切、沉淀一切，在岁月的推移中，只有拂去历史的烟尘，我们才能更好地认识自己的家园与祖国。诗人在揭示出钓鱼岛神话般的出世之后，将长诗的笔触拉近到六百年以来先民们经历的风风雨雨。通过长诗我们看到，在祖先们立雄心树壮志，壮怀激烈地征服海洋的明朝年间，无论大海绽开多么深邃而善变的嘴脸，先民们都鼓起风帆，祭天祭海昂然出海。在东海渔民们奋力搏击海上的时候，来自浙江、福建、台湾三地的三支船队于海上不期而遇，头领们歃血为盟，结拜兄弟，收获满舱银鳞。而在带来灭顶之灾的一次次大海难中，钓鱼岛如一条大鱼的脊背，召唤、引领垂死的人们找到生还的希望，死里逃生的人们在这岛上喘息、获生，他们用草结在海里钓鱼充饥；他们修复船只，以图返乡，在行将离开时，两百多位男子汉泪洒小岛，他们以感天动地的呼号抒发对小岛救命之恩的感谢之情，并代表朝廷将这些礁石赐名为“钓鱼岛”。前辈创造着可歌可泣的奇迹，钓鱼岛庇护着黄天厚土的生灵，于是明朝政府将钓鱼岛纳入版图，并使之成为远达琉球王国航线上的驿站。

两岸渔民为祈求平安，在岛上修建了海神娘娘庙，并使之成为照耀东海的明星灯塔。后因年久失修，加上倭寇破坏，几经修复又倒塌。重建海神娘娘庙，成为两岸渔民世世代代一个未了的心愿，长诗以凄婉的诗句浓墨重彩地表达了这一心愿：“朝霞染红了大海/落日把海水煮得沸腾/秋风过处芦花飞扬/春雨送来暮鼓晨钟/帆篷更换了一张又一张/渔船修补了一次又一次/博大宽广的大海胸怀/稀释了人世间的恨与痛/两岸三地渔民兄弟哟/那抹不去的记忆/冲不淡的心愿/是一粒不死的种子/总在心海里发芽萌动”。

忘记过去就意味着否定自我、背叛自我，历史恰如一面镜子，映照着过去，指示着未来。通过历史，我们能够更好看清世界、找到来路。当然，历史也是一位智者，提示着我们如何开辟未来。长诗《涛声回响六百年》是一部让我们铭记历史的作品，是一部让人警醒、奋起的可贵的诗意耕耘。

作品在艺术上下了不小的功夫，诗人追求意蕴的深远，更追求雅俗共赏，他力求将古典诗词、民歌、戏曲、民间小调等，与现代新诗糅合一体，着力创造出自己独有的诗风和意象。作者那种平民化的、“我手写我心”的大众化努力很值得赞许，正如他自己所说的，力求让自己的作品“做到明白如话——好懂，朗朗上口——好诵，音韵如歌——好唱”。长诗引录了不少谣谚、儿歌等，更加丰富了作品的色彩，读来清新、上口。比如写到海神娘娘：“仿佛兰花在心头绽放 / 芳香激活了全身机敏 / 远行人看见了自家的窗户 / 霞曦就在人们眼前闪耀 / 天地之间一片五彩缤纷 / 人们作揖，叩头，祈祷 / 感念海神娘娘 / 救人活命的大德大恩”。

创作是一次精神远行，更无疑是一次灵魂历险，作者形容自己的创作是“在艰辛放逐的路上，匍匐前行了一千六百个日夜。”数度的寒暑风雨伴随着他的青灯黄卷，他把岁月远久的渔歌，变成了一个个方正的汉字，以特有的意蕴、节奏和韵律，述说着对大海、对家国拥抱的热情。《涛声回响六百年》固然释放的是几分晚景夕晖，但更是经过生命煎熬和疼痛的情感升华。

法国浪漫主义诗人拉马丁说过，“在一生中连一次诗人也未做过的人是悲哀的。”张秋铧以自己的意志和诗意，为钓鱼岛留下了一份诗性证词，无愧于自己的年华，无愧于对文学的挚爱与追求。这种精神在略显浮躁的当代氛围中是弥足可贵的。

是为序。

2017 年 5 月 25 日

北京大有庄

目录

引文

七彩霞，在天上
五色水，属海洋
各色人，成世界

——渔民谚语

榕树根根多
章鱼须须多
根多满地长
须多满海闯
人有腿　脚板长
天南地北任我逛
谁也休想挡

——渔村儿歌

一

诗曰：自从盘古开天地，三皇五帝到如今。

其实，盘古开天辟地那会儿，世界是一片混沌状态。苍茫天地之间，只有人神女娲等。

于是，女娲娘娘在正月初一创造出鸡鸭，初二创造狗，初三创造羊，初四创造猪，初五创造牛马；到了正月初七这一天，女娲用黄土和着黄河水，仿照自己的样子，造出了一个一个小泥人。

得意过后，她觉得大地太大，人气欠旺，单靠她一个人这么捏造小泥人，既费时又费力。于是她就用一根藤条，蘸满泥浆挥舞起来。点点泥浆洒在地上，皆变成人。

为了让人类永远延续流传下去，她创造了嫁娶之礼，让人们懂得“造人”的方法，凭着自己的力量和血脉，繁衍传宗接代，烟火绵延万载。

二

人类繁衍起来后，忽然水神共工和火神祝融打起仗来了。他们从天上打到地界，闹得地面上不得安宁。结果祝融打胜了；但打败了的共工不服，一怒之下，将头颅猛地撞向不周山。

不周山崩裂了，支撑天地之间的大柱折断了！天顿时倾斜，出现了一个大窟窿，地也陷成一道道大裂纹。山林燃起了大火，洪水从地底喷涌而出，龙蛇猛兽出来吞食人民，人类面临着空前大灾难。

女娲娘娘目睹她的子民遭此奇祸，感到无比痛心。于是，娘娘决意炼石补天，终止这场灾难，全力拯救人类命运。

三

女娲娘娘周游四海，遍涉群山，从黄土高原到东南沿海，最后选择了东海之上的海上仙山——天台山。

天台山是东海上五座仙山之一；五座山分别由神鳌用背驮着，以防沉入海底。

可天台山上有五色土，是炼五色石的绝佳之地。于是，女娲娘娘在天台山上堆垒巨石为炉，取五色土为料，又借来太阳神火。历时九九八十一天，炼成了一块厚十二丈、宽二十四丈的五色巨石。

之后，依照此法，在众神的帮助下，历时四年，炼就了五色巨石三万六千五百零一块；然后耗时九天九夜，费了很大气力和周折，用去三万六千五百块五色石，才将天的窟窿补好。剩下的一块五色石，便遗留在了天台山顶。

四

天是补好了，可是找不到支撑四极的柱子。要是没有柱子支撑，天就会塌下来。情急之下，女娲只好将背负天台山的神鳌四只足折下来，用以支撑天之四极。然而，天台山要是没有神鳌的负载，就会沉入海底，于是女娲娘娘只好将天台山移到东海之滨的琅琊。

女娲娘娘补天之后，天地定位，洪水归道，烈火熄灭，四海宁静，普天同庆，人类得以和平生存。

不过，这场特大灾难，毕竟给天地留下了痕迹。从此，天向西北方倾斜，地向东南方塌陷。直到今天我们仍然看到，太阳、月亮、星辰从东方出来，而滑落到西北方；而地上的所有大江小河，都往东南方向汇流。

五

炼石补天成功之后，女娲娘娘心中很是惬意。

话说那一天，意气风发的女娲娘娘再次巡游东海。望着浩瀚无垠的大海，她老人家似乎感觉到，自从天台山移到琅琊之后，偌大的东海海面很是空寥，应该再有几座大小岛礁相伴才合适。于是，娘娘想到了遗留在天台山上的那块五彩巨石。

她复还天台山，用手在那块五色石的边沿掰下一小块，然后来到东海边；又从海边顺手捡了几块碎石，用手掂了掂，吹口气，便将手中大小石头朝远处一扔，道声："着！"

那些彩石和碎石像离弦的箭，嗖地飞向汪洋大海深处。不多一会儿，远处的大海翻腾起一大片狂涛，随之升发了几缕彩色的烟雾。

待狂涛平息，彩烟散尽，那里依稀冒出了几座大小岛屿礁石，像几个惹人喜爱的童子，于蓝天白云之下，碧波清浪之中，自由自在地嬉笑玩耍，不亦乐乎！

女娲娘娘朝那里仔细地瞅了一眼，欣然地点点头，挥挥手，笑了……

六

日落，月升，星黯淡；

风去，雨来，海喧嚣。

年轮运转，岁月流长；大海潮起潮落，红尘沧桑巨变。时光的藤蔓攀爬着大海的浪潮，生生不息地演绎出不尽的奇观、奇闻、奇事、奇遇。但，不管人世间如何困扰纷争，女娲娘娘她老人家的慧眼之光，从来没有离开过那儿，始终在欣赏、关注她的东海杰作……

啊，那是永恒的关爱！

序曲

夜里星星眨眼
天亮大雨倾盆

——渔民谚语

小鸡鸡　小鸭鸭
乖宝宝　快长大
下个崽儿把船划
吃了米粑吃鱼虾
龙王的胡须任我拔
娶个龙女到我家

——渔寨童谣

一

自从盘古开天地
混沌世界初始化
　虫蛇猛兽多凶恶
　黄泥造人满天涯

水神火神争胜负

撞断不周天倾斜[①]
　天缺一角成漏洞
　洪水泛滥成泽洼

烈火蔓延遍地滚
山林草木烬成渣
　不忍子民遭奇祸
　炼石补天有女娲

天台山上垒火炉
炼就巨石胜彩霞
　天地定位水火熄
　四海宁静不相差

七千年来浩瀚史
三皇五帝到当下
　故事传说车船装
　神州遍地英雄花

二

黄河黄水黄土地
黄色皮肤建华厦
　河长水长长江长
　源远流长不断涯

---

① 斜，此处念古音 xiá。

有水就有生命体
水生文明发根芽
　大海本是生物源
　动物植物一大家

海上仙山长生药
始皇遣人把药挖
　童男童女三百三
　好似风筝把线掐

大海滋养穷百姓
又有海菜有鱼虾
　渔民造船进大海
　多捕鱼虾把家发

龙王住在龙宫里
珊瑚珠宝享荣华
　不喜渔民进大海
　无边海洋要独霸

狂吹胡须黑风起
疯舞广袖把气撒
　黑风巨浪多险恶
　人落海底船倾轧

三

千年万年人吃海

万年千年海吃人
　多少娘亲哭儿子
　多少人家有孤寡

望儿台上望穿眼
望夫石上泪巴巴
　儿女盼爹脚踮肿
　阿妹盼哥眼不眨

盼儿不归没指望
净身进香进古刹
　老衲低头捻佛珠
　老妇求签扯袈裟

菩萨不管求娘娘
扯疋红绫当头帕
　海神娘娘发慈悲
　救我儿子早还家

老妇哭罢泪泉干
眼眶血红双目瞎
　无可奈何心死去
　天昏地暗秋风飒

养老送终无依靠
前世无缘今生罚
　思来想去心悲切
　瞻前顾后无章法

悬梁自尽了此生
免遭世间罪与罚
　人将悬空心伤痛
　心有不甘两眼花

草绳挣断心死去
三魂七魄已离家
　老妇倒毙苇席上
　身如僵尸无人拉

四

魂魄游离多少日
多少时日没法查
　魂魄来到天庭上
　跪求天神慈悲发

天庭打坐天神爷
指点魂魄神说话
　尔等快回人间去
　老妇肉身似殿厦

三日之后三更夜
枇杷结果复开花
　先有乌鸦呱呱叫
　绕树三匝似打架

待到五更天尚黑
东方鱼白裂隙霞

一群喜鹊满天飞
跳到树上叫喳喳

叫喳喳，芝麻花
喜来了，儿回家
门前铺上船木板
红线紧扎当木筏

牵条黑犬筏上过
筏上拴只金钱蟆
大门紧闭人声静
三敲钟磬三杯茶

神前祷告多烧香
焚了香烛焚纸马
香奉神灵马接人
阴阳两界相接洽

五

话分两头往下讲
生死两界在毫发
魂兮归来当主宰
气如游丝吊悬崖

忽听门外锣鼓响
马嘶人喊好嘈杂
老妇被人推一把
人还阳世心如麻

身轻骨软不由己
眼前光明汗溻溻
　起身离席开门看
　儿在门前往家爬

哎呀呀
我的儿子我的娃
浑身青紫脸浮肿
赤身裸体无衣褂
　娘亲将儿抱进屋
　手蘸黄酒满身擦

儿子见母号啕哭
同船弟兄全死了
　千年海难今生遇
　海神娘娘把手搭

天之大，是妈妈
爹娘养我不容易
　妈妈不能失去儿
　儿子怎敢离开妈

阎罗把我海底扯
我向海面苦挣扎
　多亏娘娘拉扯我
　紧抱船板手不撒

板随风走不由人

昏迷不醒荡天涯
　漂到海边爬上岸
　九死一生找回家

六

　回到家
　有妈妈
娘的脸上展笑容
房前屋后遍地花
　日夜呵护饥和寒
　海边拾来鱼和虾

六六三十六日后
肿消骨健身无瑕
　心中悲恸忍不住
　胸有隐情要迸发

千言万语述不尽
细语轻言气度雅
　一段人与岛的动情故事
　一部永留史册千古佳话

啊，佳话，佳话
宛如长橹木桨
在后人心海里划
　划出一条长长的水道
　——明亮，清丽，宽阔
　直达海天五彩云霞

第一章

讨海兄弟①

① 渔民自称是在海里讨生活的人，也戏称是海狼渔花子。

海上没有风平浪静
家里定要和风细雨

——渔民谚语

哥仔海上漂
妹儿心发漂
　盼哥早回家
　给我个痒痒挠
风儿飘，云儿飘
哥儿妹儿一起飘
飘到月亮梢

——渔寨情歌

一

星星的眼睛依然明亮
妩媚得宛如少妇盼情郎一般
没有一丝丝困倦
　月亮的脸庞依然皎洁
　那个期盼令她心儿激动
　也不愿把小脸扭向西边

刚刚睡醒的大海
看似平静安稳
淑女般躺在平流雾下
　却在薄纱罗帐里胡思乱想
　萌动着离乱的情怨

　哗——起来
　哗——起来呀，起来呀
　哥们儿今日个怎么啦
往日急火火的梭子鱼却不见动静
大海只得发出声声友好的呼唤
　浪花溅湿了海边的石屋
　涛声漫过了屋顶的炊烟
女人床头叫醒丈夫
唉呀，我的梭子鱼我的哥
该起来哟，莫把床席眷恋
　说着，她把饭菜端上桌
　催促男人动作麻利点儿

梭子鱼伸个长长的懒腰
又突然地打了个激灵
　哦，今日是开渔节
　休渔期后的第一天
　鱼儿们正等待我们去调遣
快，快把弟兄们叫拢
莫误了吉日良辰
　他胡乱扒拉几口饭菜
　又喝了半碗米糊和锅边

围上头帕，拎起短褂，怀揣符帖
疾步匆匆奔向海岸
登上了自家的渔船

开渔啦，开渔啦
处暑节气这一天
一年一度的开渔节
在东海一带隆重举行
　这是渔村的节日
　这是大海的喜庆
男人们早已摩拳擦掌
女人们早把鲜花戴在头上
　整个海湾好热闹哟
　爆竹声锣鼓声吆喝声
　和螺号声声响成一片
丛林深处的佛语梵音
祈祷出海人吉祥平安

假如没有渔民
大海寂寞得苦不堪言
　假如没有大海
　渔民空有一身弄潮本领
大海和渔民亲如父子
有人说是朋友和情人，组成了
谁也离不开谁的大家庭
　在雾海茫茫的梦幻里
　都有各自的向往和期盼
　品味不同的潮湿与腥咸

大海开怀大笑
热烈鼓掌欢迎
失却了往日的矜持
喜洋洋地向她久违的
勤劳优秀的儿子们兄弟们
敞开宽阔的胸膛
载歌载舞乐颠颠
她以十二分激情迸发
让千万朵梨花竞相绽放
又伸出千百双热烈的手臂
拥抱久违的亲人
送上洁白如雪的花环

二

出海如同出征
上船无父子叔侄
生死同在一条船
梭子鱼越过跳板大步跨
上船，清点人数
就位，各司其职守规范
这位船长一声令下
——起锚，划桨，撑杆
潮头涌来正当时
渔船缓缓滑出了海滩
旭日像柑橘一般黄澄澄
不太成熟，刚刚睡醒

在海平线上漂荡浮悬

可是，有的船仍然没有动弹
就像鲸鱼搁浅在海滩
领队的大把式一声吆喝
各位船主水手齐声回应
哦，原来是人手不齐
年轻水手正和媳妇
依依不舍，情话绵绵
哎，开船啦，我走了
男人急切送上一个吻
女人羞涩地低下头
避开众人起哄的眼睛
咽下了嘴边的万语千言

她只是在心里说
哥呀，我的郎君
你又要驾船闯大海
就像远飞的风筝
我抓不着你的线
你把我留在家里
丢下一只孤零零的雁
舍不得你宽阔的肩膀
为我遮风挡雨的屋檐
快去快回吧，哥呀
莫让我寂寞得太久
望穿了水淋淋的双眼

小伙子回头望一眼，仿佛说
妹子呀，亲爱的老婆
我们只是短暂分别
千万不要那么伤感
　我是海上漂泊的船
　你是我安心停靠的港湾
我仍是你手中的线
我的心和你拴在一起
风波浪里相牵相连
　等待我出海归来
　我就守在你身边
　饱餐你的温情和香甜

你是我唯一的陆地
更是我盼望的海岸
　出海时，航行千里不迷失
　因你是我心中的罗盘
归来时，我首先把铁锚
抛到你的脚前
　我的情爱，我的精力
　早已让浑身筋肉胀满
相见时，你我拥着沉默
只把欢笑藏在心底
　等待在青纱帐的月光下
　我们尽情把爱施展
直到鸟儿欢叫晨光烂醉
我将所有向你完璧归还

她，心里感受到十二分甜蜜
依稀，她挽着他的手臂
他牵着她的衣衫
两眼相对似无言
　眺望远方天海吻合处
　两人相拥不觉泪雨涟涟
她转过身去，说
去吧　自个儿保重
莫负了妹儿的一番心愿
　我要把缓缓流淌的爱意
　融汇进你的心海
待到你归来那一日
我将独享你狂野的波澜

啊，红蓼花呀红蓼花
你为什么红遍海滩
　黄花草呀黄花草
　你为什么满地直窜
红树林呀红树林
你不要对此漠然相看
　海鸟水鸹子呀，请别
　请别无情地扇动翅膀
　笑话女人眼窝窝太浅
此刻哟　妹子的心已乱
哦，散去的是空中炊烟
散不去的是她心中情丝绵绵

三

天幕上的北斗七星
弯弯斗柄正指向西南
　可小小的渔村
　早已被鸡鸣狗叫吵翻
长长的海岸上
已被送别的人群挤满
　母亲，媳妇，孩子
　还有犯风湿病的爷爷
　早早地来到这里
紧瞅着自己的亲人
眺望着起航的渔船
心，被轻飘的云儿空悬

母亲手搭凉棚，望着
儿子的船在哪里
咳，只怨晨光晃得耀眼
　媳妇泪眼汪汪，瞅着
　丈夫正在船上忙活
咳，都怪风儿吹乱了眼帘
只有天真的孩子们
心里坦荡得没有半点儿栏栅
跳着，笑着，戏着水
　他们要学哪吒闹海
　去闯龙王爷的宫殿

船去远，望不见

脚踮起，情不断
每一张脸上都有笑
可泪珠儿总是挂满脸
　千般温婉，万般眷恋
　只为留住那份深情与安恬
她们站在靠岸的礁石上
双手合十，默默祈祷
满心都是祝福与期盼
　所有心愿写在天幕上
　——平安！平安

远航的亲人托海风捎来问候
安慰一颗颗担忧的心
家人们请安生，莫挂念
　有万灵的海神娘娘保佑
　有顺应时令的海风海潮
　我们远航人定会有好运
鱼儿捕获千万斤
船舱装得溜溜满满
保准会赢得你们的满意
　更有可人的欢颜
　还有温馨缠绵的称赞

好一支威风凛凛的船队哟
划桨，摇橹，摆舵
看海，听风，观云
　过浅滩，越近海
　顺风顺水鱼贯而行

渔船义无反顾地
把古老的贝壳堤甩在后面
啊，寻找开拓新渔场
直驶向深蓝色的海天
挥手告别讨海去
水起风生把梦圆

四

风来了，风来啦
风从右后方徐徐拂来
好风来自海的东南
纤纤秀手柔柔地抚摸着
男子汉们那一张张粗糙的脸
粗糙的脸上泛起腻腻的甜
船老大挥挥蒲扇般的手巴掌
吆喝道：扬帆！扬帆
水手们合力拉绳
帆篷在船上高高升起
海上顿时升起白云一片
向世界发布远航的宣言

翱翔，翱翔是鹰的梦
远航，远航是帆的梦
人的动力来自于心
船的动力来自于帆
撒网要撒迎风网
开船要开顶风船

我不能改变风的方向
但能调整帆的角度
　让风帆一路高扬，高扬
　驶向深蓝色的大海
　直抵心灵的彼岸

帆在风中猎猎鼓舞
乘势踏海破巨浪
　风在帆上浩浩拂动
　奋力推涌不怕难
帆，靠风的张力前行
风，借帆的气势彰显
　风与帆的完美结合
　互相借力不扯皮
联手表现不分主次
演绎着大海永恒的奇观
　那鱼腹般光滑流畅的
　就是天海相接的海平线

天上白云朵朵飞
海上白帆舞翩跹
　可怜的鸥鸟迷失了
　不知哪是云哪是帆
只在云与帆之间
傻傻地穿梭盘旋
　哦，盘旋——盘旋
　不时在空中焦急地鸣叫
有谁能给予指点迷津

让它们分清天海云帆
尽快找到歇脚的驿站

有如母亲爱抚儿子
波浪温情地轻吻船舷
　有如情人会心愉悦
　浪花绽开水淋淋的笑颜
白云，白帆，白色的鸟
蓝天，蓝光，蓝色的海
　还有那些欢欣跳跃的鱼儿
　千千万万灵动的生命
都在尽力表现自己的存在
合力绘制出一幅
神奇壮观的画卷

五

看，快看啦——
右前方有一支船队
向这边打出问候的旗语
　并顺势向这边靠拢
　螺号呜呜声声召唤
前哨船头站立的把式
青色头巾白色的褂
厚实的胸脯宽宽的肩
　好一个英俊小伙子
　大海喂养的棒棒后生
　哎哟，那么年轻精悍

瞧，左前方也有一支船队
快速向这边追赶
　每一片硕大的白帆
　都尽情张开自己的手臂
　如鲲鹏展翅一般舒展
前哨船头站立的把式
皮肤黝黑脑门宽宽
络腮黑髯，豹眼如环
　好一个海水泡大的
　黑皮海狼仔儿，啧啧
　风浪里摔打出的赳赳铁汉

居中的这条船上老把式
环顾左右，眉眼舒展
　欣赏两支船队的头领把式
　染霜的两鬓迸发出喜悦
　如浪花一样灿烂耀眼
他先打旗语送问候
再双手抱拳左右拜
——两位兄弟辛苦了
　请问二位来自哪里
　要到哪儿去弄海闯滩

右侧船队的年轻把式
正正头帕再抱拳
快人快语话当先
　老大，别问，我知道

他来自浙江平阳
你来自福建莆田
我的家乡誉为竹风兰雨
那就是可爱的宝岛宜兰
在扑朔迷离的大海上
我们都喝着咸苦的海水
端着海神娘娘的饭碗

你老哥，大把式
赫赫有名的大渔眼[①]
闯海抢滩年头长
识鱼路，知深浅
一眼能把海看穿
人厚道，讲友善
抗风搏浪有经验
威名远扬江湖上
你是我心中的领海人
早想相识不相见
今日相见不恨晚

左手船队的黑皮大把式
几番摸摸后脖颈
声音洪亮如同虎鲸吼
豹眼圆睁似铜钱
兄弟我海上闯荡不算短
二位的英名早已贯耳边

① 大渔眼：有航海经验，能看清渔路的船老大。

今朝同日同时闯大海
诚蒙天意人意大海之意
不期而遇在此相见
　我们三位海狼渔花子
　何不趁早结拜金兰

霜鬓长者笑哈哈
海沟深的皱纹爬满脸
　嘿嘿，海的儿子海的人
　缘分本是天注定
同海捕鱼一路同行
结拜金兰自然好同心
人齐心齐哪怕巨浪风险
　这是兄弟们的情分福分
　也是海哥们的长久心愿
好好好，有海神娘娘见证
我们兄弟前世同修五百年

六

三支船队继续前行
三位头领同上一条船
迎进了霜鬓长者的中舱
　桅杆之处供有神龛
　舱里贴着咒语神符
　早已备有香烛纸钱
各位自报生辰八字
排出大哥二哥三弟

长少有序不乱庚
　三双大手紧摞一起
　三个好汉心结成一副石磐
　恰似刘关张结义在桃园

人，面对大海
心，向着苍天
三人歃血，跪下发誓言
　酒碗高举过头顶
　在海神娘娘牌位下
　每个人敞开了灵魂
我们都是炎黄子孙
同为苦命的讨海人
　——同舟共济，生死相连
　——相帮相扶，共苦同甜
　——无盐同淡，有盐同咸

三位头领的铿锵誓言
道出了两岸渔民的心声
　铮铮誓言千钧重
　诚实守信心不偏
誓言跨过汪洋大海
诺言飞越千仞高山
　语音录在波浪里
　大海永存誓言不变
　白纸黑字铁书在案
一粒心性的种子
在海水中浸泡发芽

深埋在每个讨海人心间

三支船队，一家兄弟
天爷海神着力相助
今日齐在海上团圆
　脚踏大海，伸手摸天
　海狼眼里没有地平线
苍海云帆和谐相融
乘风破浪奋力向前
开进我们的传统渔场
　犹如农民世代耕耘的土地
　赖以生存的万顷良田
　繁衍不息的家园

有人问，海是怎样长成的
可谁也不知道它的出生
它怎么会日益无边无沿
　也许，它本来身姿太低
　有意把自己压迫得更加低陷
其实，它并不想承受那么些水
是命运之神迫使它，造就它
把天底下所有咸水苦水甜水脏水
一股脑地让它往怀里包揽
　——哈哈，真的
　没人看见它的出生成长
　也没人去问它的心思意愿

　是耶

是也
大海无边，岁月无边
不管日子多苦多难
只要兄弟们和睦同心
麻丝千缕纽成一条绳
手足亲情血浓于水
伏虎降龙劲头不散
共同耕耘祖宗的遗存
确保万顷波涛的家园
啊！初心在，莫等闲

第二章

银鳞满舱

风暴过后有大雨
龙兵过后有大鱼
——渔民谚语

太阳公公朝海里撒金
月亮婆婆朝海里撒银
　爸爸妈妈朝海里撒网
　我朝海里撒尿
尿一泡　就长高
长大够着柳树梢
娶个婆娘不骚包
——渔寨儿歌

一

他说：大海你好
海说：梭子鱼你早
伙计们，你们早啊
　人与海的互致问候
　赢得一派惠风和畅
海水静静地卧在巢里

等待人们的抚摸与欣赏
　宛如婴儿甜睡在摇篮
　享受妈妈温润的乳房
天高云淡正是出海时
我是海的王子，我来啦
　我要紧紧拥抱大海
　就像紧紧偎依着亲娘

好季节，好时光
虽然没有风花雪月
但今天的日子非比寻常
　这么多年轻人结伴出海
　展示自己的能耐与个性
让青春在波峰浪尖上
灵动跳跃，闪闪发光
　闯海，驭海，闹海
　勇气，激情，梦想
人与海，船与帆
沧海云帆行万里
共同打造壮丽无比的辉煌

大海因我而快乐，呵呵
我和大海一起跳舞歌唱
　我用辛勤回报大海
　大海以丰收给我
　实实在在的嘉奖
船儿不能离开海
大海之上不能没有船

我与大海两相依
两相依呀不分离
共同谱写凝重壮美的乐章
在海天之间神采飞扬

漫漫蓝天下
片片鱼鳞云
阵阵白风帆
泱泱碧波上
三支破浪前行的兄弟船队
阵容庞大浩浩荡荡
每条船都是耕海的犁铧
气势豪迈多威风哟
翻腾的万朵浪花绽放
渔船，白帆，橹桨
挤得大海满满当当
大海一声叹息，哎呀
我再也无法扩张

大海色彩绚烂丰富
每前行若干海里
就会看到新的景象
深蓝，墨绿，还有金黄
船头屹立着大渔眼
皱纹深入满脸
气势稳如泰山
神情自信安详
他打出旗语问大伙儿

百舸竞发谁当先
　谁去开垦丰收良田
　哪个肯冒死打头仗

我！我梭子鱼
高举渔旗忙应答
　大伙儿别嫌我嘴上无毛
　给个机会让我和大海商量
我拍胸脯我为先
我为船队测风向
　我为大伙儿报渔讯
　铅砣水线我测量[①]
年轻船主自告奋勇
水手们个个摩拳擦掌
　迎着大渔眼挑战的目光
　表示自己力壮本领强
　嘿，开海头功谁都莫谦让

船队一片欢呼声
梭子鱼，是好样
血气方刚敢闯大风浪
　大渔眼高举旗帜赞许
　乐得大伙儿心花怒放
三支船队意气昂扬
千帆竞发，乘风破浪
　船是离弩的箭

① 古时候，渔民用系有铅砣的水线绳来测量海的深浅。

风是送箭的弦
向着波涛滚滚的汪洋
直奔神秘莫测的海疆
讨海人澎湃着金色的梦想

二

雄鹰向往蓝天
鱼儿恋着海洋
白雪高洁在山巅
杜鹃花最红向太阳
他时常在心里为自己鼓劲
并不时向海神娘娘祈祷
自信与刚毅充实着心智
要让自己的生命火焰
在海的滚滚波涛中锤炼
材成料，器无敌
把试手中剑刃锋芒

大海广阔无边
海水长之又长
但梦想并不是随想
他想再造一艘大船
又长又宽帆又多
船头尖尖像月亮
桅杆高高矗立
更有空阔的船舱
甲板平坦又宽敞

　好放更多的渔具渔网
舵沉稳，橹叶长
啊，好一副气魄威武模样

梭子鱼一遍遍地想着
他那年轻漂亮的媳妇
　她和父亲住在砣砣岛上
　父女俩相依为命
　在海上打鱼撒网
那一天，他避风来到岛上
恰恰走进了那间海边石板房
　父女俩热情地将他收留
　说，每个讨海人都连着
　海神娘娘的苦肚酸肠
姑娘送来了热茶
还有温暖的微笑
　连带一锅热气腾腾的
　海鲜面片汤

那一宿，他累了
他醉了，他晕了
姑娘的身影总在眼前晃
　瞧她那胸脯处，总像
　有两条活蹦乱跳的鱼
那双忽闪水灵的大眼睛
把他的魂儿勾出了胸膛
　他手攥拳头下决心
　多出海多打鱼多挣钱

又整修了那两间茅草屋
终于把心爱的姑娘娶进了新房
　二人相拥相携过日子
　海水一样绵远流长

当海潮一波一波退去
她总是提前来到海滩
追赶着远去的浪
　戴着斗笠，蒙着头纱
　肩挎竹篓，手拎铁耙
挽着裤腿，赤着双脚
不在乎海水是暖是凉
　女人赶海是一道风景
　美丽，机敏，辛劳
　花蕊在海滩上绽放
每次赶海，你总比别人
收获得更多，各色海货
装得满满一筐

时间在忙碌中流逝
眨眼间太阳开始西沉
晚霞慵懒地亲吻大海
　心痒难耐的月亮
　不愿缺席今天的盛会
　早已爬上了海的东厢
哦，赤橙黄绿青蓝紫
柔情化作七彩光芒
那妖女般妩媚的眼眸哟

　害得海上的这些男人们
　催生出漫无边际的遐想

大海，西边有太阳
船队，东边是月亮
　两个亮晶晶的球体
　两颗璀璨璨的明珠
尽情展示各自的光彩
争风吃醋两不相让
　烧得男子汉们热血沸腾
　身上每块肌肉都在鼓鼓膨胀
传说中的美人鱼哟
你快出来，快出来呀
　你本该是我此刻的新娘
　我不会让你失望

追赶，追赶朝阳
不舍，不舍月光
　船队不歇地前行
　风随人意千帆竞发
　竭力寻找中意的渔场
有如万骑奔腾的马群
在辽阔无垠的大草原上
任我驰骋，不可阻挡
　马蹄嘚嘚生风
　风起腾尘压霜
天地惊动神鬼泣
闹海的阵势威武雄壮

三

海狼雄起，海狼雄起
浪花早已把喜讯传给了鱼群
鱼儿们个个激情铿锵
　看呐，远处的鱼儿们
　在海面上欢腾跳跃
深蓝色的波涛中
闪着片片耀眼的银光
　一群调皮的大鱼
　呵，瞧那几条领头的
　从海面腾地飞跃而起
一场空中杂技表演
惊险得让那些围观的鱼
一阵阵情迷心慌

再看，近处的鱼儿们
列队从船舷边掠过
不拥不挤，鱼贯而行
　似孩童天真活泼的戏耍
　像士兵那样队列整齐
　又像一群兴高采烈的鸟
展翅在蓝天上翱翔，原来
它们早就有了跳出大海的渴望
　为等着这一天的到来
　只盼得难耐的心痒
为热切拥抱远方来客
自动组成了欢迎的仪仗

鱼儿呀，你们好
朋友们，久违了
　你们寂寞得太久太久
　年华消磨怨岁月
　春锁深闺是梦乡
我们来了，来了
瞧瞧这威武庞大的船队
　这铺天盖地的风帆
　就是隆重的迎亲队伍
准备好了吗，我的朋友
东风，船舱，渔网
就是迎娶你们出海的嫁妆

——落篷——落篷
大把式手巴掌一挥
领头船举旗发号令
　各船主把式请注意
　这是我们大显身手的地方
——好咧——好咧
各位船主举旗应答
螺号声声连成一片
　顿时，白帆纷纷落下
　恰似鲲鹏收拢了翅膀
方才白帆连云的海面
一支支桅杆高高耸立
　不知是哪儿的森林
　蓦然移植到了海上

人们从前舱忙到后舱
应答声此起彼伏
手里欢快地撒着渔网
　人和鱼谁也不甘落后
　渔网灌满了鱼儿
　水花开在水面上
网裹鱼，鱼撞网
鱼和网的亲密接触
就是这一些，这一切
　这个季节最美好的时光
　书写着大海动人的篇章

四

网，下了一张又一张
网，收了一趟又一趟
　鱼儿堆满了船头
　丰收装满了船舱
银鳞催生古铜色的笑
平日低垂的头颅
难得此刻自信地高昂
　就像农民站在地头
　咂咂嘴巴瞅着天
捧着沉甸甸的硕果
心爱的麦子稻子和高粱

腰酸了，挺得住

膀疼了，咬紧牙
腿软了，站稳桩
　一切困苦不在话下
　只要日子香甜芬芳
这一沓丰收的喜悦哟
早已抚平了那些痛伤
　风里浪里锤炼了筋骨
　吃苦受累家常便饭
因为他们是久经摔打的
穿洋过江的海狼

成群成群的水鸟
在海空间啾啾鸣叫
　此起彼伏的燕语莺声
　就是快乐多情的歌唱
鸟儿绕着桅杆盘旋
开放多彩的衣裳
上下穿梭翩翩飞翔
　尽情展示风姿绰约的美
　真像卖弄风骚的舞娘
好你个骚性的舞娘哟
你你你，真不如我老婆漂亮

水鸟攒足劲头，不声不响
猛地俯冲下来，从人们手中
　叼起一条活蹦乱跳的小鱼
　又箭一般掠过桅杆
　飞向了湛蓝色的远方

嘀嘀，这些该死的小偷
拦路抢劫的江洋大盗
有时偏巧装成乖乖淑女样
　——是咒骂，是快乐
　是忙碌间的愉悦
　更是渔民们开怀的欣赏

有了穿梭的渔船
有了辛勤的渔人
　大海就活了，旺了
　恰似一条大道康庄
有了风平浪静的天气
有了广阔丰饶的渔场
　水鸟也活了，忙了
　整个大海呵呵笑
　充满着生气和希望
大海，渔民，水鸟
浪花，欢笑，阳光
都在相互智慧地添彩增光

五

大把式眯缝着双眼
悠闲地点燃烟袋锅
瞅瞅这渔与海的景象
　每一条船，无论大小
　船头船舱都是银鳞闪闪
每一张脸，无论船工水手

都洋溢着掩盖不住的
笑逐颜开帅模样
　一网网的鱼儿拽上船
　一滴滴汗珠子洒落海
吆喝声，应答声，叱咤声
空气在应接不暇地膨胀

二把式双手抱着一条鱼
那家伙足有一人长
　尾巴甩，嘴嚅动
　背鳍张开像一片帆
　两腮张合似风箱
快，快拿秤来约一约
看它究竟有几斤几两
　这边的笑声连成一片
　那边的吼声爆发欢畅
嗬嗬，好一群海狼铁汉子
劲爆了海上的气流
搅翻了海里的波浪

三把式双手插腰
笑呵呵地四处打量
这东海之上仿佛是
　两岸三地的弟兄们
　同心奋进的演练场
喜庆丰收的愉悦
感谢大海的恩赐
　展望未来的幸福

心头不觉浮起快意的轻痒
他也想起了年轻的媳妇
媳妇你快来，快来看呀
嘿嘿，可惜你不在我的身旁

喂，我们丰收了！丰收啦
哎，我们开辟了新的渔场
人们喜悦地大声呼喊着
放开海一般的粗声大嗓
蓝色的波涛传递着
渔人们难以抑制的兴奋
送到了郁郁葱葱的家乡
编织着色彩斑斓的花环
满足了许多双眼睛的张望
滋润着那么多心田的花蕾
激活了多少沉睡的梦想

爹的腰疼减轻些吗，这是
讨海人躲不过去的痛创
娘的咳喘松快一点吗
因为腥咸的海风长期浸染
爹，娘，我要用勤劳的丰收
换取祛病除魔的圣药良方
驱散痛楚的阴云
让你们幸福安康
颐养天年人增寿
桑榆晚景享夕阳
啊，可亲可敬的二老高堂哟

　儿子用至诚孝心把你们赡养

娃子，你还那么调皮吗
打架，扔石头，玩沙子
总让妈妈心劳神伤
　你该背上新书包
　跨进学校的门槛
融入斯文的书声琅琅
学好文化识渔路
健康成长身心壮
　啊，我的明日之星呀
　长大了，一定比我强
　好天好地好时光

还有你，我的好媳妇哟
你是真正的当家人
　上有老，下有小
　全家重担靠你扛大梁
海上的风，窗外的雨
伸出女汉子的手臂去遮挡
　你总为我的安全牵肠挂肚
　人在屋里，心系海上
海水浸泡着你和善的心
海风粗糙了白嫩的脸庞
　你一半是柔和的水
　一半是坚硬的钢
我要给你双倍的拥抱，啊
好个亲不够爱不够的婆娘

六

草原骏马，大海龙骧
老大老二老三
三位大把式，三双
　深邃的眼睛会意地笑
　一个共识镌刻在心房
这一片海域是我们渔家人
开荒拓耕的新土地
众人苦苦寻找的渔场
　愿她涵养更多更好的鱼
　不再无人过问，寂寞荒凉
因为她的兴旺与颓废
关系我们渔家的生活
她，就是我们的田亩鱼塘

所有的船，所有的人
所有的鱼，所有的鸟
　这大海之上的所有啊
　此时此刻都在相互碰撞
碰撞中的一组组音符
汇成了雄伟壮丽的交响
　天的交响，海的交响
　人的交响，鱼与网的交响
在这无垠的海天之间
穿过草原高山
越过峡谷大洋
　在风与浪中起伏跌宕

撞开了那扇世界之窗

有人问，鱼儿是怎么长成的
大海里怎么会有这么多鱼
没人说得清楚，因为
没人看见它们的出生成长
也许，有水必然有鱼
如同土地必然有花草芳香
也许，同样是命运迫使
让它一生泡在咸苦的水里
哈哈，笑话啦，真的
只知道，鱼儿要想跳出苦海
就得靠近我们的船
投奔这一张张敞开的网

是耶
是也
脱离苦海，投奔渔网
并不失为明智的选择
让生命轮回得如此风光
当另一扇门窗开启时
你看到了世界的精彩
世界也看到了你
价值无与伦比的辉煌
门里窗外秋波闪闪
时空隧道洞穿一缕阳光
啊！两相望，风和畅

第三章

沧海劫难

阳漂的屁股朝天
阴漂的奶子朝天[1]
　鲨鱼的眼睛看不远
　渔民的日子摸不到边
——渔民谚语

我不到海滩玩沙沙
我要到岸上骑竹马
　竹马竹马跑得快
　接个媳妇跟我来
抱到船上好出海
嗨，嗨，嗨，好乖
——渔村儿歌

一

大海，渔人的粮仓
农夫下地，可以收获
小麦、稻子、玉米、高粱

① 阳漂、阴漂，指漂在海里的男女尸体。

渔人出海，可以收获
带鱼、鲳鱼、黄花鱼、鳎目鱼
整船鱼光闪闪，银鳞满舱
农人下地，可以回家吃饭
渔民出海，很可能再难见到
等他回家吃饭睡觉的亲人婆娘
润滑的柔情，带血的嘶鸣
波涛褶皱里有生命的时光
就像一副大石磨，能把
竹篓里的杂鱼虾蟹
一股脑研磨成细细的虾酱

不好了，不好了
机敏的梭子鱼突然大喊
一向亲密的东南风
成了被外人赎买的汉奸
猛然间变脸疾转方向
又像吃错了药的癫魔
神经病发作就六亲不认
风，呼呼地兜头刮来
凶狠得异乎寻常
有如一把铁扫帚
在海上唰唰地无情扫荡

一声爆炸陡然响起
仿佛击碎了天宇海疆
声音由远及近，哦，雷
雷神爷在为汉奸们声索帮忙

惊雷，炸雷，霹雳雷
雷声一阵比一阵吓人
　恰似千万双无形巨手
　把硕大无朋的鼙鼓
　在海天之间轰隆隆擂响
鼙鼓剧响震昏了大海
震昏了靠海活命的生灵
也震碎了人们的脑浆

隐藏在海底的乌云
蓦然翻涌上来，活像一帮
从潘多拉盒子里跑出来的魔王
　魔鬼们用那无数双黑手
　把海天涂抹得黢黑一团
　一起遮盖了晴好的太阳
乌云，乱石般坠压下来
铁心要压垮海上的一切
摧毁任何坚固的墙垛堤防
　雨，拳头大的雨点猛砸下来
　一帮狰狞魔鬼搅和一起
　狼狈为奸，为虎作伥

太阳被狂涛拍翻了
无能为力地在海底怄气
　海上天色说变就变
　活像一张稚童的脸
　想哭想笑不由人商量
刚才还是风和日丽

却猝然变得猝不及防
黑风，暴雨，惊雷，恶浪
压迫得人们喘不了气
　从未经过阵势的年轻水手
　一个个吓得脸色煞白
腿脚发软心发慌
怦怦然跳出了胸膛

船队的总瓢巴子
我们的大把式大渔眼
　眯眼观天看海又瞅云
　紧锁的眉头不经意往上扬
他将烟袋锅子一挥
果断地让螺号手传出号令
　飓风暴雨来势凶猛
　稳住船，站稳脚
　全力以赴快收网
风暴就是一场灾难
弟兄们，莫慌张
准备抗风搏浪

二

诗人说，白云是大海的情妇
大海总是伸出浪漫的舌尖
试图舔舐白云醉人的体香
　白云那少女般的轻吮
　惹怒了藏在海底的乌云

嫉妒心引爆恶毒的报复
手段令天地人寰难以设想
　　乌云像一群淫乱的荡妇
　　黑压压地向大海贴近
为满足脏腑的欲望，无耻地
向大海亮出了撩人的乳房

雄性的大海到底经不住诱惑
迅速和乌云搅到一起
　　将海天黏成一只无缝的锅
　　倒扣在人们的头顶上
天黑了，黑了
没有一丝儿光亮
　　海黑了，黑了
　　辨不清东西南北方向
船黑了，黑了
人们的眼睛也黑了
看不清哪儿是船头
　　哪儿是桅杆、护栏
　　哪儿是可以躲避的船舱

传说，很久很久以前
一支行进在平谷的队伍
　　车辚辚，马萧萧
　　一路浩荡，势不可挡
因为他们多次平息叛乱
无数次地收获着
对方的女人和牛羊

可是那一次，突然间
遭遇到了劲敌的袭击
来势凶猛，虎狼般疯狂
可怜这支英名盖世的队伍
头顶着征服者的骄傲
却永远变成了
马蹄下的血色土壤

同样，两岸三地组成的
三支船队，海上劲旅
却遭遇到了难以预料的
狂风暴雨，险恶海殇
险情面前不能迷惘
可此刻谁能当机立断
是冲锋，还是逃亡
谁有胜券在握的
万无一失韬略良方
人晕了，船晕了
船队乱了阵脚
船与船不禁发生碰撞

雷挟着闪，闪裹着风
风推着浪，浪卷着船
攻势一次比一次凌厉
船队是一片片轻飘的树叶
任凭魔鬼们玩弄于股掌
人，六神无主心空荡
也不知此刻身处何方

人与船在共同呼唤
有谁，神通广大的勇者
可借来孙悟空的金箍棒
定能撬开一条缝隙
借得一道活命的神光

三

风是幕后黑手
从无数空穴里偷跑出来
海上张牙舞爪施妖术
原形毕露狰狞魔鬼相
心怀仇恨神志迷癫
最不愿意海上风平浪静状
阴险毒辣本性不改
曾一次次将无数航船
沉入海底埋葬
而这一次，这一次啊
又要导演一场悲情恶作剧
人与海的生死较量

浪是风的傀儡
没心没肺没肝肠
只要风说点儿甜言蜜语
浪就无耻地赶紧贴上
宁做忘恩负义的浪子
不怕唾骂，有奶就认娘
手舞足蹈失根本

总想脱离海的管教
做脱缰野马，断线风筝
任性地胡奔乱闯，肆虐癫狂
恨不得上天揽月
扯下嫦娥华丽的衣裳

乌云裹挟雷电
飓风纠缠黑浪
几个强盗狼狈为奸
又联手把暴雨拉进阵营
组成十恶不赦的一伙匪帮
霹雳雷猛地一声剧响
天穹被炸开了窟窿
顿时，银河之水兜头而下
雨的世界像一陡厚厚的城墙
好一群歹毒的魑魅魍魉
恶狠狠地打着组合拳
咆哮着，撕扯着，扭打着
生生地要把这海上天堂
变成惨绝人寰的绞杀场

仿佛千万条龙蛇在盘旋
扭曲抽搐得角弓反张
海水拱起灰黑色的肚皮
青筋暴跳着黑波巨浪
船队被抛向高空
又斜刺刺滑向深渊
几个来回跌宕，最后

　坠入了阴森恐怖的锅底
一艘船沉没了，另一艘船
也被漩涡打入了大海汪洋
　人和船与鲸鲨鱼鳖为伍
　一起被黑滔恶浪埋葬

诡谲莫测，身系危卵
谁也稳不住沉重的舵
谁也握不住长长的桨
　渔船是一伙酗酒的醉汉
　木讷痴傻头发蒙
　东倒西歪踉踉跄跄
黑风巨浪齐声吼叫
可怜的船儿们呀
　如一片片无根的树叶
　在波峰浪谷之间
　任凭风浪猛力摔打
玩物似的被魔鬼们
恣意地在股掌间推搡

仿佛擂台赛的两个对手
这一方连招架之功都已殆尽
更别幻想有还手之力的较量
　人们站不稳脚跟
　随时会被对手打翻
　身子止不住来回晃荡
只求赶紧抓住栅栏
麻利抱住舱门船帮

　努力不让身子摔倒
　更不能被甩出舱外
做个冤死的“水漂子”[1]
葬身在无底汪洋

可是，大海要翻了
大海真的翻了，翻了
　海的一端高高翘起
　另一头却陡然下陷
大海像一口锅似的
整个儿猛然倒扣过来
　海水被一双看不见的魔手
　凝成了一堵厚厚的水墙
而那一半的海
却干涸得不见一滴水珠
海里的鱼鳖鲸章
　在垂死地挣扎喘气
　窒息在海沟深处的泥浆

四

罗盘失灵，指针乱转
意外的灾难磨灭了它
一贯准确无误的灵光
　啊，地旋转，山崩裂
　天海倒悬，乾坤失序

① 漂在海里的尸体。

大海长天从此消亡
世间苍生无庇佑
一切海之生灵啊
陷入了物种灭绝的恐慌
那双万恶的魔手哟
竟然要把无量的海水倒掉
就像失去理智的母亲
把盆里的婴儿与水
呼啦一起泼得精光

黑浪，黑浪高千尺
雪崩，雪崩飞万丈
涛峰如同泰山压顶
从头颅一排排压下来
波峰像千万块礤石
乱石崩云横飞四溅
劈头盖脸地砸过来
胜过十万皮鞭大棒
平日威风八面的渔船啊
早已被拍成了碎片
在漩涡中打着旋儿
向天向海向它的主人
无助地呼喊，四处张望

船上的人，青壮汉子
平日一个个血气方刚
此刻无不面色如灰
被风浪裹挟得晕头转向

像无根的海带在漂流
不知什么地方可躲
更不知什么地方能藏
　灵性，才干，毅力
　热血，雄心，志向
一起被万恶的魔手夺走了
禁锢在这该死的海疆

久经征战的勇士
也有力不从心的惆怅
　行走于大海的水鬼
　也经不住恶劣的倒海翻江
平日晕海晕船只是笑话
今日忍不住的恶心呕吐
　苦的辣的酸的咸的
　胆汁，泪水，血液
　一股脑地喷涌流淌
其实他们并不真的晕海
只是不甘心，不甘心哪
这人生的失意与窝囊

很多很多的桅杆
被狂风无情折断
　没有桅杆升不了篷帆
　如同大鹏没有了翅膀
很多很多的渔船
在风浪拍打中解体
　或被恶浪颠倒掀翻

长的短的船板碎木片
在翻滚的海浪泡沫里
漂泊得那般伶仃凄凉
纵然有三头六臂，怎能与
凶狠万分的恶魔对抗

更有很多很多的人
来不及呼喊一声
就被风浪卷到海里
被颠簸的船抛进汪洋
出海成了不归路
向大海讨要生计的人
反而成了鲨鱼海鳖的食粮
一向慈悲的天神爷呀
绝情地绞杀无数条性命
生机勃勃的蓝色大海呀
陡然变成了死亡之海
成了尸骨漂浮的坟场

五

天爷呀，老天爷
行行好，慈悲大发吧
快把这黑风猛雨息了
快把各路魔鬼收回
千万不能让它们在这
大海上如此无度地嚣张
可是，任你呼天抢地

　哭爹喊娘，磕头烧香
发威发怒的天老爷
止不了怒气消不了火
丧失了往日的悲悯心肠

黑风，万恶之源的黑风
这个凶残的吃人魔鬼
　继续在无遮无拦的海面
　龇牙咧嘴地横冲直闯
恶浪，充当帮凶的恶浪
蜕变成了不用刀子
杀人的混世魔王
　恶魔们继续挥舞着
　刀枪剑戟，滚石棍棒
残忍绞杀无助的船队
制造千年不遇的海上祸殃

每一条船，都可能
在暴风骤雨中沉没
　在狂风恶浪里翻滚
　在翻滚中碰撞解体
最后必定是万劫不复
遭遇惨痛的船毁人亡
　船上的人，海里的人，
　一声声求救的呼喊
只喊来了欢天喜地的鲨鱼
迎接人们的是血盆大口
和撕心裂肺的悲怆

大海爷呀，大海爷
我们一向对您至尊至敬
　每逢年节或出海前
　都要给您上供敬香
可今天，您老人家未免太草率
草率得如此轻漫乖张
　虽说花开花落总有时
　生死轮回天道之常
但天地父母养育我
一块石头也磨光
　我等来不及报答天恩亲情
　怎能一朝在此轻易埋葬

大海，昔日的生命之源
今日变成了死亡陷阱
与海共生共荣的讨海人
　却成了大海的祭品
　一只只送上供桌的羔羊
当死神扼住咽喉的那一刻
每个人都有个共同的愿想
我是无人收尸的水漂子
　但愿漂到东海岸边
　我那四季有花的家乡
埋在村后的那座小山上
常能看到从海上升起的
又圆又大的月亮

命悬一线危急
血管爆裂偾张
　我不能这么轻易地死去
　青春之花，花开正当时
　理当开在未来的树上
求生欲望增添了惊人勇气
坚挺的雄心蓬勃在胸膛
　快，快抱住一块船板
　兴许能挣脱阎罗的魔掌
要活命，当紧抱木板不放
我要兑现自己的诺言
　回家喝老婆亲手做的
　香喷喷的海鲜面片汤

天苍苍兮海茫茫
惘然四顾，救星在何方
谁能告诉我该怎么办
　风浪会放过我吗
　鲨鱼会放过我吗
　海鬼会放过我吗
谁能救我兄弟船队
谁能救我一条性命
　被海水淹渍的浮肿眼睛
　空对无边黑暗与惊涛
只能在心中空茫地祈祷
是生是死，天作主张

六

特大海难，千年万年不遇
这一天，这个黑色的日子
　成了天悲地哀的忌日
　讨海人悲惨的集体海葬
风浪麻木了身躯
悲恸麻木了心智
惨景麻木了眼眶
麻木了的海狼渔花子呀
　不知该如何在绝境中求生
　如何与死神挣扎反抗
这不堪回首的沧海万世劫呀
给人间留下了永远的悲怆

幸存的人们，侥幸地
没有被抛进大海的人
　死命抓住船桩、船帮
　在船舱里跪着、倚着
心在不停地默默祷告
天爷呀，睁睁眼吧
我们要活着回去
　檐下妻儿等着我们哺育
　堂上双亲指望我们奉养
今生没能尽慈尽孝
怎能让生命结束得如此荒唐

我的家乡，我们的家园

风和日丽乾坤朗朗
　高大树木成排成行
　各色水果四季飘香
在村头的大榕树下
抽烟，补网，想心思
怎不迸发宏伟的梦想
　家中老少齐欢乐
　怎能缺少我这根柱梁
对呀，我要拼命挣扎
说什么也要活着回去
不能让家里人失望

有人问，大海为什么会
这般无度，这般癫狂
可是没人盘问海的心思
　也许它有苦恼和愤懑
　也需要发泄和倾诉
每隔若干年耍一次威风
提醒人们对它的敬仰
　我们只是海的子孙，没人
　敢去探究推敲海的心房
只知道，大海发狂时
除了躲避，就是奋争
再不可能有别的幻想

　是耶
　是也
大海是我们生存的田园

并不是婴儿的摇篮
宁静温和得像只绵羊
　幸福虽然不完全握在
　自己手里，但关键时刻
　全靠心中的力量
只要胸中一息尚存
即使天塌地陷海倒扣
阳光也会穿过天堂
　啊！心不死，春意盎

第四章

娘娘挂灯

海里有鱼，世上有人
鱼有多种，人有各色

——渔民谚语

美人鱼，美人鱼
上岸来，穿花衣
和我一起打鱼去
　一不做渔霸
　二不当皇帝
只想和你日夜甜蜜蜜
天天是婚期

——渔寨童谣

一

海爷爷，我们的天神
波推浪涌，潮起潮落
　您活了几千年，几万年
　活得好气派，好滋润
我们是供奉您的子民
赶潮汐，选风向

祖祖辈辈以海为生
　海水里有我们的汗水
　浪花能见证我们的勤勉
可今天，您千不该万不该
撒野撒得如此任性
　辜负了最喜爱您的人
　失信于崇敬您的子孙
　你呀，为老不尊

黑风穿透天宇
无情地横扫过来
　狂涛席卷大海
　恶狠狠地打压过来
　搅得苍天无光大海眩晕
万恶不赦的一伙疯魔神经病
联手上窜下跳施妖术
猖狂无忌，肆意横行
　不仅涂炭海上生灵
　还要让人类断子绝孙
天神海神在哪里呀
沧海劫难何日平

难无边，心沉沦
求生找不到回家的路
死神却敞开了大门
　我们的兄弟船队呀
　威武赳赳的庞大阵营
一时间被魔鬼斩杀得

丢盔卸甲，血染沙场
七零八落散乱了战阵
　赶海弄潮的船工水手
　追风逐浪的海上蛟龙
　昏迷迷丢掉了七魄三魂

鸟儿在我的身下惊叫
鱼儿在我的头顶和肚皮上
惊恐窜游，一堆堆一群群
　水到绝处是飞瀑
　人到绝处是重生
我要把倒扣的大海扳过来
让海天尽快从迷惘中苏醒
　回归各自的位置
　莫让魔障蒙蔽了心灵
我的青春刚刚拉开序幕
前程万里，等着我的
将是炫美的鲜花和彩云

我们的船老大
人人夸赞的大渔眼
三支船队的总头领
　昔日挥手之间排兵布阵
　运筹帷幄执掌帅印
可此刻面对狰狞险恶
同样是筋骨乏力无良策
几次跌倒，几次站立
　大声吼叫没人听见

　打着手势无人回应
　急坏了那颗遍体鳞伤的心

站起来，挺立起
男子汉就该立得直挺
　他那铁板一样的身躯
　艰难地在船头上挣扎
撑住，挺起，不能死
心里不断给自己提醒
　他观照每一条渔船
　可又不敢目睹
　看得人心多有不忍
血水染红了的海水
被鲨鱼争抢的尸体
　这千年不遇的大海难啊
　制造了万箭穿心的惨景

古人说，天生我材必有用
这是人的自我价值信念
　我不做驰骋草原的骏马
　更不期求红顶帽子加身
　只做一个本分的讨海人
深知一粥一饭来之不易
恒念半丝半缕物力维艰
　我们从无非分之想
　靠山吃山，靠海吃海
大海慷慨无私的赐予
我们祖祖辈辈感念天恩

从不敢违抗天命

可是，看繁华红尘
贪赃枉法者逍遥自在
　手握大权者耀武扬威
　本分百姓忍受欺压辱凌
　自食其力者劳作丧命
虽说世间本无公道
但念天地之间有慧眼
头顶三尺有神灵
　天爷呀，您老人家
　怎能对我等芸芸苍生
　绞杀得这般残酷无情

听，这是什么声音
哦，大海在哭泣哀号
整个海疆的生灵
　在哭泣在哀号在呐喊
　一片撕心裂肺悲恸声
我着急，我愤恨
我恨不得举起火把
　让整个大海腾腾燃烧
　照亮所有生灵心头的光明
开天辟地换朝代
把魔鬼恶霸消灭尽
乾坤扭转天宇新

二

海神娘娘在哪里
您神威广大，法力无边
　这濒临死亡的二百余条性命
　是在您怀抱长大的海狼海狗
　是敬仰您爱戴您的海的子孙
娘娘呀娘娘，我们的海神
可别冷落了讨海人的心
　岂能让这帮恶魔在大海
　横行霸道，一意孤行
整个海，所有的生灵
就这么苦煎苦熬地漫长着
时间到此停滞不行

仿佛，恍惚着，不经意间
紧扣头顶的这口黑锅
　无边无际的黑暗里
　仿佛被孙悟空的金箍棒
　真的撬开了一道缝
远处闪现一隙微弱的光
似有若无，感觉到却看不见
　但，大海瞬间恢复了灵性
　仿佛盘古开天辟地
人类才知晓了年华光阴
天与地才澄清了懵懂的混沌

但是，就这一丝儿光亮

真像一枚小克拉钻石
　只在天边一闪，啊
　就是那么瞬间的闪亮
焖锅里即刻透进一股清新
每个人感觉呼吸畅快了许多
昏迷的神智从惘然中苏醒
　星光已然把黑暗刺破
　散落成片片鱼鳞
用手捧起，细看
每一片鱼鳞光片
都有渔人的血迹泪痕

所有的船工水手
三支船队的兄弟们
　揉揉额角的太阳穴
　摸摸僵硬的后脖颈
挣扎着，挣扎着起来
克服从未有的头晕目眩
毕竟有大海锻造的铁骨钢筋
　无论立着倚着扶着跪着
　但所有人的眼睛
这一双双的眼睛啊
齐刷刷，瞻望着天际的
那么一点点儿光明

恶魔，仍然不甘退却
不肯让大海恢复生机
这是所有邪恶势力的本性

　微弱的光被恶魔裹挟着
　死死地拖住往海底沉
然而，光明就是新生命
光明奋力挣扎，跳到了
天海相连的海平线
　又被一双神手托举
　宛如初萌的花苞与花茎

那光，明明灭灭
那光，恍恍惚惚
那光，似大忽小
　哎呀，光照十分吝啬
　不愿意来得突然
生怕久处黑暗的人
蓦然见了光明会惊掉三魂
　仿佛黑夜里的月牙
　仿佛阴霾天的霞曦
　仿佛黎明前的启明星
由光亮到光明，渐渐无声地
温润着那些颗冷却的心

三

啊，看见了，看见了
所有的人在心里欢呼
但身子却是那么僵硬
　那，分明是海神娘娘
　高高托举着一盏

红光闪闪的神灯
那是罹难者的希望之光
那是遇险者的活命救星
人们哭着，叫着，笑着
泪水冲刷着晦气
神力无边的海神娘娘哟
您终于在此刻慈悲显灵

有救了，有救了
我们真的可以活命
快，快把船舵摆正
快，赶紧稳住船身
丢弃舱里所有的收获
好让渔船轻快平稳
舍弃与得到
生存与死亡，一向是
讨海人明知的选择
劫难中保住渔船
就是保住了性命

来，跟我走
跟我走，跟我走
一个声音，仿佛间
微弱得那么遥远
不用心聆听很难听清
跟我走，跟我走
一个银铃般的声音
真切切，脆生生

　声音融合在光照里
响彻在苍宇天庭
振荡着每个人的心

听到了，听到了
人们真的听到了
　每个人都张着耳朵
　每一句话都已听清
其实人们不只是用耳朵
而是一下子洞开了心门
　声音有着巨大的磁性
　吸引着庞大的船队
　缓缓地移动，调整
听命，船与人的希冀
信服，娘娘的慈爱悲悯

跟上了，我们跟上了
跟上了，请娘娘放心
您的命令就是我们的遵循
　长橹，拼命摇呀
　木桨，使劲划呀
人人血性喷涌，精神振奋
船舷甲板上的水手们
也拿起木板，竹竿，断桨
　只要合力击风搏浪
　定能挣脱魔鬼的绳索
拒绝阎王爷不怀好意的邀请
改写幸存者的命运

但，风浪仍然不甘退却
黑色漩涡仍在加速旋转
船队仍然艰难前行
　船毁人亡的惨祸
　撕心裂肺的惨叫
　仍在一路不断发生
最可恶，凶残的鲨鱼群
眼睛忽闪绿莹莹的光
紧紧追逐着船队
　饿狼般地龇牙咧嘴
　围绕船板周围的尸体逡巡

四

波涛汹涌，夜色沉沉
漩涡直把我拖入海底
让我到那里享受生命的永恒
　但我心无哀伤和畏惧
　耳边听到了召唤我的
　柳叶哨，芦苇笛，唢呐声
还有许多熟悉的面孔
在那儿冲我笑脸相迎
　当我跨过那道门坎时
　身躯竟然如草叶般轻盈
一群蜜蜂嗡嗡地扑来
送给我沁人心脾的花蕊芳芬

不，不，我要回去
这是魔鬼拙劣的诱骗
蒙蔽我喝下迷魂汤
　我们有海神娘娘保佑
　一切险涛恶浪都能荡平
娘娘，我们的海神
讨海人心中的依靠
辨天象，知祸福
祛病痛，降甘霖
　您曾百次千次地
　拯救危难中的船只
您曾无数次无数次地
从险浪中托起无望的生命
我，也该是您搭救的人

对，对，我要回去
我已识破魔鬼的险恶用心
　我听到了海神娘娘的召唤
　我要侍奉年迈的高堂娘亲
娘娘，我们崇拜的海神
您是行船人世世代代
顶礼膜拜的真神
　年年三月二十三
　您尊贵的诞辰日
我们定到庙里敬香
让您的英名远播四海
永保香火千载旺盛

梭子鱼奋力挣扎
运口气，攒足全身气力
　来一个鲤鱼打挺
　终于浮出了水面
仿佛，一股氤氲之气
还有开窍的麝兰香馨
让他一时间醍醐灌顶
　百花，香草，杜鹃
　鸣鸟，飞莺，蜻蜓
呵，可恶的黑风吓跑了
讨厌的恶浪潜入海底
　满嘴血腥的鲨鱼
　无趣地不见了踪影
　海面上终于波平浪静

每个人心里都明白
跟随苍穹之上的明灯
聆听娘娘关爱的叮咛
　船队定能化险为夷
　人们定能绝处缝生
所有能划能动的船
只要没有完全破损
　所有醒悟的人心里明白
　朝着娘娘指引的方向
目标如太阳一般明亮
决心似钢铁一般坚硬

五

啊，看哪，天边
天边闪现着一盏明灯
　灯在闪耀，光在扩散
　画出了一条长长的光晕
远处仿佛卧着一条大鱼
那黝黑黝黑的背脊
　呈现一丝儿微光
　宛如镶嵌着一道亮晶的纯银
讨海人心领神会
这就是海神的救命符
受难人久盼的霞曦星辰

弟兄们，快，快点
向着霞曦照耀处前行
那儿仿佛是一座大岛
　哎，真的是岛吗？
　快去看个究竟
哦，那儿是一片田园水町
那儿是希望的所在
　那儿是我们落脚的凉亭
　顿时，力量和勇气倍增
人们加快手中动作
热血偾涌泪盈盈

仿佛兰花在心头绽放
芳香激活了全身机敏

远行人看见了自家的窗户
霞曦就在人们眼前闪耀
天地之间一片五彩缤纷
人们作揖，叩头，祈祷
感念海神娘娘
救人活命的大德大恩
所有的人，所有的船
都在拼力加快速度
希望快点闯进阳关之门

大把式，二把式，三把式
吹响螺号打招呼
各自整顿自己的船队
就像将军整顿率领的阵容
不争不抢，秩序前进
船工水手各司其职
好比士兵紧握手中的矛和盾
调整船只，清点人数
鼓舞士气，坚定信心
庇佑在海神娘娘福荫下
持续着未知的征程

莫犹豫，快清醒
从懵懂迷惘中回过神来吧
不要去抚摸流血的伤痕
人生无常态
转机在一瞬
赶紧离开险恶之地

摆脱灾难就在眼前
鼓足勇气就像鼓满风的帆
　麻利，大胆，谨慎
　认准目标切莫分神
　我们坚信，坚信

弟兄们，振奋起来吧
快把悲伤丢弃到脑后
莫让痛苦灼伤了心灵
　娘娘指引活着出去的路
　求生求活是人的天性
奋力同心向着大岛划去吧
那儿的天地叠翠铺锦
　停滞是死，前进是生
　我们历经九死一生的磨难
大难不死必有后福
终生安享海韵潮音

六

一声声吆喝
喝退残败之象
　一道道号令
　驱逐灰暗胸襟
好一群带伤流血的男儿
丢掉悲丧，振作精神
　向着娘娘引领的福地
　前进，毫不犹豫地前进

舐舔流血的伤口
安顿苦难的灵魂
　好风凭借力哟，凭借力
　送我上青云哟，上青云

豪气高扬肺腑
张力鼓满血性
知恩图报的讨海人啊
　此刻，没有任何表白
　但人人心里有个约定
大难不死平安归去
一恩当报九重恩
众手建造一座慈航禅林
　让人神一体的悲悯光芒
　恒久照耀在东海之滨
　航海人个个心体通明

有人问，娘娘的神灯
平日挂在哪里
　哈哈，没有谁去跟踪打听
　神灯肯定不能随便示人
只在大海发狂渔人遭难时
才闪射出奇瑰无比的光芒
悲悯的慈手才将明灯高擎
　真的，我们只知道
　娘娘勇为落难人赴海舍身
其实遇到灾难时，每个人
都能听到纯净的梵音

那就是心中期盼的灯

是耶
是也
大难面前期盼活着
黑暗之中翘首光明
凤凰涅槃，浴火重生
生死一线拽在自己手里
头顶定会闪现明亮的神灯
心有明灯，梦想成真
神灵助力不言放弃的人
待到身心安宁日
我为大海歌一曲
请君为我倾耳听
啊！唱歌谣，听涛声

第五章

海岛祭祀

船行一路，勿望顺风顺水
人活一世，休想无病无灾
——渔民谚语

船里鱼多
不如家里书多
　鱼多好发家
　书多能育人
读好书　做好人
长大点个状元和翰林
　光耀照门庭
——渔村儿歌

一

灵性回归身躯
心急催动船亦疾
　船儿船儿你再快点吧
　眼前就是我们驻足的岛屿
离岛近一点儿，再近点儿
靠岸拢一点儿，再拢点儿

　把船泊在浅滩
　把锚扎进石缝
死里逃生的人哟
对于生的希望
每个人都不会放弃

攒足劲，往前游
往前多游几尺
生的希望就近了几米
　凭着求生的欲望
　凭着良好的水性
　谁也不敢犹豫
船上的人一边搭救落水人
一边向远处的人鼓励
游呀，使劲地游呀
　向着那儿，向着
　娘娘指引的宝岛福地

加油呀，兄弟
和大海好好讲和
逃出劫难莫迟疑
　争取海的宽恕
　坚持到最后的胜利
前面就是一磐礁石
歇一会儿，喘口气
我们就在岛上等你
　同处一条生死线上的人
　大家都是手足兄弟

心如一根绳子联系

已经上岸的人伸出长篙
把海里的人拖拽上岸
梭子鱼和身强力壮的后生仔
干脆再次跳到水里
把眼看就要沉没的人
一个个拼力托起
人们相互照应
兄弟间不离不弃
受伤的人被同伴搀扶
一个挨着一个
没有你推我挤

那边，波峰峡谷间
这边，浪的褶皱里
有人抱着船板
拼力向这边游过来
与死神快些脱离
三个，五个，十个
啊，那是更多更好的人呀
从魔掌中挣脱出来
一脚跨进了生还门
这里是另一番天地
啊，三魂花开几许

犬牙交错的悬崖
突兀狰狞的礁石

海岛周围的滩涂
　漂浮着长长短短破木板
　停靠着百八十条破烂船只
岛上的石头和草地上
聚集着二百多条性命
　他们瘫软地躺着趴着
　仿佛停止了心跳呼吸
哦，一动不动
无悲无喜，真像
一条条离水的鱼

二

哦，那一刻停止的时间
此刻又找回来了
天是天，海是海，地是地
各自归位，乾坤有序
　那一刻我心缥缈魂魄无依
　终于找到了栖息地
是呵，这儿就是我的村寨
是我灵魂的皈依
　古人说，恶风邪雨无终日
　拨乱反正是极致
清风高扬，该唤醒
唤醒了星空彩云缕缕

心伤痛兮梦依稀
闻到大米饭香喷喷

又见渔村炊烟起
　喝一碗海鲜锅边汤
　再吃几口柚子和凤梨
慈祥母亲拥着我
我的怀里有妻儿
　痛定思痛多伤感
　方知人生幸福
　其实就是一家团聚
啊，死里逃生的人
此刻，正是想家时
千思万念翻滚在心窝里

梭子鱼趴在草地上
没有知觉，不见心跳
不会动弹，仿佛死去
　几只蚂蚁爬到他脸上
　啃噬鼻孔嘴巴的海泥
悲伤吗？痛苦吗？大喜吗
真的没有力气去想这些
就希望这么静静地睡去
　是的，就这样长睡不起
　何问日月潮汐
　幸福就在梦里依稀

那是个燠热的盛夏之夜
她在大榕树的阴凉下睡着了
　萤火虫精灵般地明灭在草丛
　海鸟安静地立在海滩泥淖里

我伸出双臂，轻轻地抱着她
走进石屋，放到床上
恰在此时来了一阵暴风雨
　我覆盖着她，为了她
　不受雷鸣电闪惊吓
　让幸福在睡梦中继续
当黎明的东风拂过渔村
后山的竹林吹响了风笛
　她呀，快乐得像一抹晨光
　照亮了整个天宇

激动的是情怀
沉默的是言语
　大把式仰望着蓝天
　蓝天开启辽阔胸襟
他控制住悲伤的情绪
动了动僵硬的胳膊
恨恨地舒了一口大气
　他坐起来，扶着地
　稳住身子攒足气力
倏地一下子立起，立起
岛上，顿时立起了一尊巨石

不要沉沦，决不倒下
无论心头多伤感
也莫让泪水涌出一滴
　环顾岛上，他不忍心
　叫醒疲惫不堪的众兄弟

更能感受此时此刻
大伙儿的灰暗心理
　让他们多歇息会儿吧
　多接一些地气，就可以
回归到娘亲的怀抱
享受大地的慈爱与真实

二把式走过来
站在他身后良久
饱含着尊重和依恋
　问，大哥，这该怎么办
　话语里隐藏不住伤感气息
三把式拖着受伤的腿
一瘸一拐地靠过来
像个可怜巴巴的大孩子
　倚在大把式二把式身旁说
　两位哥，船队的统帅
　你们可得拿主意

大把式酸楚地一笑
拍拍二弟的肩
摸摸三弟的腿
又抹一把自己脸上的泪
　三条血性汉子拥在一起
　组成一座大山巍然屹立
三个人，三颗激跳的心
编成坚韧的经纬线
织就一面高高飘扬的旗

啊，心中有温暖
烈火生刚毅

三

大海虽然有凶险
更有无可阻挡的魅力
人生难免有灾难
还会有邂逅的奇遇
人生是一条曲折的路
总会遇到坎坷与险阻
灾难过后就会有惊喜
但愿彩云飘来
轻轻海风再起
昨日的悲伤泪水，不可能
将今天的太阳透湿
黄昏与黎明不会重叠
曾经的痛苦将随风而去

我们是同一海上的谋生人
一海相融的血亲兄弟
纵然遇到千难万险
都要伸手相帮决不放弃
我们是整个船队的主心骨
要用我们的力量与心智
去安抚每一个弟兄
梦里依稀慈母泪
寸草报得三春晖

一定带领大伙儿活着回去
去见梦中的高堂妻儿
　二位兄弟皆点头称是
　说，大哥，我们听你的

老大立在人群中
就像在大海撒网
　向上扬起了手臂
　——弟兄们，都起来
我们是海风海浪摔打的人
铮铮铁汉就要直直挺立
　天空不会因为我们的
　眼泪就阴云密布，灾难
已经被我们甩到了身后
不必在惊恐忧伤中戚戚
海风会带走人的体温
　已经逃脱死亡的人
　不要在悲伤沉迷中死去

几个年轻水手不动弹
把式们来到身边也不理
　伸伸懒腰撇撇嘴
　睡眼蒙眬半睁半闭
他们说，不行了，要死了
我们口渴，没有淡水
　我们饥饿，没有一粒米
　困在岛上一无所有
更莫想婆娘热乎乎的亲昵

这样海龟般地活着
不如痛痛快快去死

血喷头，气吁吁
三把式气得浑身发抖
腿上的伤痛突然加剧
　要是在平常日子里
　他会一边用船板拍打
　一边使劲用脚踢
此刻喘口气，静下心
压压火爆只是骂了一句
　——孬种，软蛋，烂泥
　逃出死亡的人居然不想活
　好个没血性的混账东西

亲情在，有鼓励
言语不多的二把式
　从每个人身边走过
　用温暖驱散沉闷的空气
一声问候，还好吗
一句安慰，不要怕
　只要大家在就少不了你
　——活着，勇敢地活着
是我们讨海人的骨气
活着还要来闹海，这才
不辜负救命娘娘的期许

四

大把式二把式三把式
站成一排，庄严宣告
　祭拜至高无上的海神娘娘
　用我们讨海人崇拜的方式
听到这句话，这句感召
所有人爬起来，挺立
　桅杆一样挺拔得笔直
　精神振奋，目光如炬
不愧是大海豢养的海狼仔
铁骨铮铮，神情肃然
　神圣的信仰和热切的感激
　一扫方才的懒散抑郁

向着热切的南方
向着眷恋的家乡
　向着浩茫的大海
　向着娘娘显灵的海域
人们挺直了腰杆
目光聚焦在远处那片
熟悉的海疆和土地
　伤感，惋惜，庆幸
　虔诚，敬仰，感激
赤诚支撑着灵魂
热血撞击着身躯
　人们默默祈祷发愿
　每一句都发自心底

大把式大声宣告——跪拜
话音刚落，泪如骤雨
　人们虔诚地跪下三叩首
　额头上印着岛上的泥土痕迹
大海呀，多情又无情的大海
可亲可敬又可恨的大海
我们不知怎样得罪了您
　会让您爆发雷霆万钧脾气
　您老人家血腥的绞杀
死去了那么多那么多
我们同舟共济的好兄弟

我们是您最亲近的人
是您抱大养大喂大的儿子
　我们用心让您快乐
　神采飞扬不寂寞
　青春勃发显活力
可是您呀，大海爷爷
我们估摸不透您的性格
温和中隐藏着肃杀之气
　您老朽，您昏庸，您糊涂
　任性地不问青红皂白
眼睁睁地将那么多人
恶狠狠地葬入了深渊海底

沉浸在哀恸中的人们
伤痛的泪水如海水涌流

头颅沉重得抬不起
　心里反复翻腾的是
　同村同船同啃一块锅盔的
　那一张张亲兄弟般的面孔
是这场史无前例的大海难
导致了不堪回首的别离
　一个人的嘤嘤哭声
　传染了一大片心情
同感，同悲，同哀恸
一下子酿成了，酿成了呀
二百多条汉子的集体哭泣

五

一群男子汉的哭声
这群铁汉子的哭声啊
　擂响，擂响了大海
　掀翻，掀翻了岛屿
惊动，惊动了天地
不知是哪方真神
听到，看到，感动了
　头顶上不见一丝儿阴云
　远处听不到半点儿雷声
却陡然间，陡然间呀
哗哗哗——下起了
一场原因不明的豪雨

雨——雨呀！好雨

汉子们虔诚的跪拜
演绎成了热烈的欢呼
　雨水和着泪水
　流到嘴里身上心里
　灌溉着渴望与焦虑
哗哗的雨水似清泉
那么滋润清冽
那么温暖甜蜜
　是啊，这是海神娘娘
　为我们举行的圣洁洗礼

那一页翻过去了
那一页终将变成
一去不复返的历史
　洗去心头的沉闷
　涤尽身上的污泥
迈过时间的沟壑
屏蔽凄楚的记忆
　接受金灿灿的阳光吧
　让胸膛吸满新润的空气
此刻，这座无名岛上
又诞生了，复活了，创造了
一个生龙活虎的群体

感谢上苍庇佑
感谢娘娘悲悯
感谢祖先神灵仁慈
　死而复生的人们啊

　此刻，难免惴惴然百感交集
他们领悟，对神灵先祖的
高恩厚德永世不忘
　对大海愈加亲近敬畏
　对自然倍加关爱仁义
四海兄弟命运连一体
环球凉热共沐浴

梭子鱼美美地喝了几口雨水
洗去了浑身的垢水污泥
　心想，假如有那么一天
　我从这个世界上消失
这个无法复制的灾难
将是我人生财富遗存
留给后人传说和记忆
　财富不完全是物质
　坚毅不屈的精神啊
神奇迷离的经历啊
支撑一个群体的雄魂
贯通一条流淌的花溪

六

海岛，海岛啊
我们亲爱的无名岛
　多少岁月多少风雨
　隐姓埋名于波涛中
雄踞东海无人识

受尽了落寞与委屈
　我们，这些弟兄的闯入
　你无私而多情地接纳
确立了你应有的地位
回归到了大家庭的怀抱
　你毫不犹豫亲近了我们
　我们也将肝胆相照亲近你

风，南来北往
云，卷而复舒
浪，拍来荡去
　我们相隔并不遥远
　心里更没有距离
你是金灿灿的彩霞
霞光照耀东海两岸的渔村
温暖在我们流淌的血液里
　拨开头顶上的乌云
　看，那片崭新的天鹅绒
　已经铺满了整个天宇

啊，亲爱的海岛哟
我初次见面的兄弟
　你是母亲远离的儿子
　你是前沿的驿站福地
你和大陆血脉相连
大陆是供你乳汁的根基
　瞧，岛上的花草树木
　就是我等家乡的植被

大海那边的陆地
构成了岛上的泥土山石
　你中有我，我中有你
　无需任何语言表白
　情有独钟，心有灵犀

情切切，意蜜蜜
骨肉相亲不分离
　我们守护你的神圣，就像
　守护自家的渔塘庄稼地
乡规民约有法度
谁也不能蔑视规矩
　如有无理者擅自骚扰
　我们不许，坚决不许
挺身护卫决不退让
纯洁你清白无辜的声誉

有人问，岛是怎样炼成的
千年万年在大海里隐形
　我说，没人了解它的秘密
　也许她是母亲远嫁的女儿
或者他是漂泊四海的游子
命运之神把他种植在这里
　要做傲立大海的高山
　就得低调隐忍不言
将大半截身子没在水里
甘愿做大海之上的一片风景
航海人眼中的绿洲大地

　是耶
　是也
大树伸展的枝杈
春风化雨添新绿
　无论是红花绿叶
　还是藤蔓果实
总能吸引众多的眼球
聚焦各自图解的新意
　根与叶的情缘
　干与枝的脉动
本分坚守各自的位置
释放个中独一无二的精彩
展示生命质感的无限价值
　啊！魂相牵，纹同理

第六章

钓鱼命岛

出海小心暗流黑潮
走路提防暗器黑手

——渔民谚语

妹是鱼，哥是海
大海不能没有鱼
　妹子常游哥心海
　游呀游，摆呀摆
有波有浪有风采
牵手年过百

——渔村情歌

一

日月归位，乾坤不再颠倒
蓝天走向自己的高远
海水回到自己的海巢
　鱼儿们不再恐怖惊叫
　继续往日的自由逍遥
海平线仍是那样光滑流畅
在天边是那么美丽曼妙

海面赛蓝色锦缎，从脚下
铺向天边，仿佛一大片
搔首弄姿的美人蕉
悲悯的天神地神海神啊
怀着歉疚，用温暖与爱
给受难者以特别的酬犒

相见是缘，缘未了
相依为命情深如漆似胶
危难之中乱打乱闯
谁会想到登上了
这座四野无人的小岛
野水茫茫碧千里
夕阳灿灿红万道
老天爷让我来到这个世界
做个辛辛苦苦的讨海人
我就要快快乐乐把海闹
情殇无须轻弹泪
谁也猜不透大海的秘密
只能亲近，不可违拗

哦，你瞧，好征兆
湛湛瓦蓝天宇
朗朗艳阳高照
大雨收住了阵脚
海面已被熨斗熨平
蓝丝绸一般华丽缥缈
两朵三朵洁白的云彩

映在平静的海水里
　宛如溪边浣纱淑女
　冲着人们莞尔微笑
啊，小岛，我爱上你了
你如莲花般俏丽妖娆

岛上的世界那么美丽
大伙儿找到了家的感觉
　太阳温情地抚摸着
　继续向海里撒下
　难得的银丝金条
金条是暖暖的阳光
银丝是爽爽的喜雨
细细的雨丝好长好长
　仿佛从太阳里筛出
　单单恩惠可爱的小岛
人们张嘴喝着甜甜的雨水
一如久旱枯萎的禾苗

旦夕祸福最难料
漂泊沉浮到今朝
　除却心头苦与痛
　人生自有阳关道
风雨过后必有彩虹
啊，要生存，要活命
得面对现实不由你选挑
　人与岛，地与草
　贪婪地吸吮乳液吧

享受阳光的温情抚慰
接受甘霖的滋润灌浇

小岛新雨后
旧颜换新貌
　青草一片嫩绿
　小树节节长高
从中花儿朵朵
身穿五颜六色衣裳
　喜嘟嘟地摇晃身姿
　咧着小嘴羞涩展眉梢
岛上有了人气
人也有了依靠
　真的，天作之合
　人与岛都在会心地笑

二

大雨注满山窝窝
漾漾一泓清澈潭水
　漂着天上的云彩
　映着身旁花草树梢
大把式来到小潭边
掬起一捧清冽的水
喝得皱纹舒展眉开眼笑
　哈哈，我们有救了，有救了
　天爷给的活命水
二百多条性命的活命水呀

我们一定要保护好

有水就有生命
有水就有灵性
　人命本是水生成
　水是生命的营养细胞
人离水，活不了
弟兄们，全体弟兄们
请把船舱里的雨水
　一切容器里的雨水
　统统收集到这里
不能糟蹋一点一滴
让这个小小的潭
变成汪洋大水槽

大把式在岛上行走
看望问候每一个弟兄
用大哥情义温暖全岛
　见一位胡子拉碴的老船工
　躲在岛边的那块山石旁
　艰难地咀嚼着一把青草
他，两眼涌满辛酸泪
恨不得，恨不得顿足号啕
　多好的弟兄多好的人呀
　受苦受难，没吃没喝
都在默默地忍受着
谁也没有抱怨喊叫

他在心里自责
这个大把式没有当好
　随即和二弟三弟商议
　说，要在岛上活下去
　得要想法把肚子填饱
岛上看似一无所有
其实岛上万物俱全
　须凭勇敢和智慧寻找
　和阎罗爷打过交道的人
没有走不出的困境
没有挺不过去的煎熬

农民在土里刨
渔民在水里捞
　都是为了活命
　各自有各自的高招
大伙儿使出浑身解数
在浅滩上捉鱼
　在石缝里逮螃蟹
　在礁石上抠海蛎子
还捞了许多许多
海带，海菜，海藻
　嘿嘿，岛上到处都有
　人们活命的宝

每个人想方设法
要找到更多的食物
　每个人都想显示

自己聪明有头脑
大伙儿互相比试
都说，我的鱼最大
我逮的螃蟹最多
我捞的东西又多又好
岛上装满了丰收的喜悦
溢出一片欢腾热闹
活力激情注满人与岛
洋溢着生命精彩的色调

三

怀着喜悦，抱着骄傲
大伙儿在寻找领头人
这么些鱼蟹海货好东西
得让把式们开眼瞧一瞧
都巴不得邀功请赏
争相得到称赞与夸耀
哦，但见三位领头人
迎着海风海浪
每人提根长绳
神情专注盯着海面
站在崖边把鱼钓

不用钩，不用饵
不用饵，不用钩
只在绳头打个结
胜过诱鱼的食饵香糕

绳结伸到海水里
鱼儿就会排着队
自觉自愿把绳结咬
　嚯，好奇怪，快来瞧
　见多识广的捕鱼人
　什么捕鱼的法子都见过
却从未见过如此钓鱼法
这，算不算是一个创造

心儿跳，鱼儿跳
大伙儿看傻了眼
世上还有这等蹊跷
　大伙儿学着把式们的样儿
　试试这天下第一等钓鱼法
编根草绳打个结
一心能得到意外回报
　稳稳立在岛岸边
　喜滋滋瞧着大鱼小鱼
争先恐后来报到，嚯
钓的各种鱼儿真不少

围着一大堆食物
谁也不知如何下口
互相望着，你瞅我瞧
　三把式捡拾来一些干草
　又拎着两块石头
　紧握石头使劲碰敲
空气都是湿漉漉的

虽有几星火花迸出
那些干草总是点不着
　梭子鱼耐不住饥饿
　说，海货干干净净的
　何须再用火烧烤

谁也不愿忍饥挨饿
两天一宿未能进食
肚子早已在咕咕叫
　各路兄弟围坐在一起
　食物各取所需自己挑
嘿，一个个狼吞虎咽像馋猫
食物激起了青春的欲望
情绪焕发了久违的欢笑
　梭子鱼高举食物，邀请
　苍天大海一起品尝
顿时，小岛一下子变大
大海，一下子变小

海狼仔们吃饱喝足了
倚靠石头，躺在草地
安放身与心的疲劳
　一半的朦胧夜色
　一半的青淡月光
白昼被焦虑与惊喜送走
暮霭又送来轻柔的纱罩
　委托你，好心的云彩哟
　嘱咐你纯净的碧霄

请你们告诉家乡父老
我们这些遭遇灾难的人
　还活着，活得挺好
　此刻正在夜的爱抚下睡觉

梭子鱼仰望苍穹，不禁
勾起了那些美好的遐想
心儿乐得像吐蕊的花苞
　——他，抚摸着媳妇的手
　把一缕垂下的鬓发往上撩
轻声低语，亲爱的
我们就这样慢慢地变老
　夕阳下，渔翁在石屋前补网
　渔婆子，收拾竹篓里的小鱼
却忘不了采撷几朵野花
插在那早已斑白的鬓角
两个人吃着甜美的晚餐
　伴着淡淡的月光，唱着
　相恋时那首永远的歌谣

四

月东升兮夜未央
夜光下总有故事发生
　已经进入梦乡的人
　还是睁眼想心事的人
　都有个共同的感觉
好似回到家里

温情飘飘渺渺

　桃花菜花齐绽放

　枝头小鸟欢快鸣叫

鸥飞，鱼跃，海清

莺歌，燕舞，春晓

　家乡情怀朗日高照

　杨柳依依春光不老

人躺下，心激跳

体力恢复，心里安详

各种心思跳上眉梢

　梭子鱼首先发倡议

　咱们起个名字吧

这么美丽温情的岛

总不能永远无名无号

　恍若一滴水掉进油锅

　大伙儿争着抢着开炮

——娘娘岛，家园岛

避风岛，活命岛

共同的心愿激励着人们

大伙儿不约而同地坐起来

　二百来张嘴巴唧唧喳喳

　娘儿们似的围着把式们吵

大伙儿说，大哥是总瓢巴子

举旗掌舵当是头一号

　为了子孙后代福祉

　为了讨海人的依靠

应当起个贴切的名字
总算对得起这个
救人活命永世不忘的宝岛

弟兄们的盈盈激情
过早地撩开了沉沉夜幕
　同在岛上安歇的海鸟
　发出了莫名其妙的惊叫
大把式走上前，两手插腰
环视一眼众家兄弟
豪情不觉在眉宇间跳
　岛是我们的海上家园
　因为我们来得最先最早
岛上留有我们的足迹
回荡着二百来号
男子汉的哭与笑

最可叹，众弟兄
手持草绳，在东海之上
　在这个从未有人涉足的
　无名岛上集体垂钓
场面多么激动人心
阵势多么壮观宏浩
这个标志行为就是代表
　大海可是证人
　苍天亲眼看到
历史和事实俱在
每一章，每一页

都写进了浩瀚的浪里波涛

弟兄们，全体弟兄们
我们东海两岸的渔民
大难不死的海狼仔
　请举右手，握紧拳头
　面对苍天大海
　给海岛正式命名
我们是岛的主人
代表朝廷举行大典封诰
这个岛，就赐名钓鱼岛
　大家伙儿跳跃欢呼
　钓鱼岛，钓鱼岛
东风与海浪齐声呼应
钓鱼岛，钓鱼岛

五

啊，钓鱼岛，钓鱼岛
这个名字真好
一个新纪元的开端
一个值得纪念的礼炮
　小岛乐了，笑了
　高兴得涕泪横流
　又一蹦三尺高
自从女娲娘娘送我到这里
其实我一直很自豪
　因为我是天之骄子

我是娘娘眼眸的睫毛
任凭狂风猛浪摧残
我腰杆子挺直巍然不倒

这是个天大的喜讯
这是个幸福的惊叹号
小岛乐了，笑了
高兴得手舞足蹈
我不是母亲遗弃的孩子
更不是无根无种的野苗
我是高扬在东海云天的
一幡金光闪闪的大纛
今天我总算认祖归宗
回到了母亲的怀抱
不再有人敢随意践踏
从此不再孤独寂寥

我习惯独处自修
我享受远离尘嚣
我的身心在海浪中
被淘洗得无比纯净
没有半点奢华浮躁
这一天是我生命的起点
新的一切将从头开始
岁月赋予了我新的意义
心儿快乐得像只小鸟
我这个好听的名字呀
有着无与伦比的格调

浪滔滔，情滔滔
夜幕早已被欢乐撩开
启明星从未像今天起得这么早
　小鸟瞧着这些不速之客
　好奇地在树上欢快地蹦跳
天边裂开了一道缝隙
晨曦乍现这海的一隅
给予小岛以特殊的礼貌
　啊，天亮了，天亮了
　岛上处处霞光灿烂
今日的新太阳啊
比任何一天都饱满姣好

知船爱船的弟兄们
纷纷把渔船拖上岸修理
展开渔网晾晒，不让
海水浸泡的时间太长
　所有的撑竿鱼竿
　在岛上插得密密麻麻
船队的那面“蛟龙出海”大旗
在碧海蓝天光焰昭昭
　年轻人最富有创意
　把一条没法修理的船
倒扣在两块山石之间
说要躲雨藏猫猫

三把式到底年轻风雅

心眼儿灵活手又巧
　他到岸边掐根芦苇茎
　再摘一片芦苇叶
手上的动作三下两下，
做了一支小小芦苇哨
苇哨衔在嘴里，吹出了
　轻风，流水，情话
　鸟儿叽叽喳喳乱叫
嚯嚯，哥们儿细听
还有咱家乡闽南调

　不怕惊涛骇浪
　不怕雨雾迷漫
　不怕太阳炙烤
志向高远的东海渔民
尽情把温馨吉祥的气氛营造
一群快乐的追梦人哟
　放飞心中的千纸鹤
　唱响风情万种的歌谣
热血在沸腾的胸膛奔涌
勃勃活力如初涨的海潮
一浪更比一浪高

六

日朗朗兮月皎皎
阴霾已经驱散
　体力基本恢复

　大多数渔船修复完好
船队分成若干组
吹响螺号与雾角
到附近海域探访寻找
　无论大岛与小岛
　无论海滩与石礁
都是同根同脉的姊妹兄弟
不再是漂泊无依的水草
随意让外人践踏骚扰

过往的官船商船渔船
在海上作业的人们
我们向世人郑重宣告
　钓鱼岛是我们最先发现
　归属国运昌盛的大明王朝
它特有的地位和功绩
谁也无法更改和动摇
　朝廷已将此岛纳入版图
　写进世界地理辞典
享受千古传世的
神圣至尊与荣耀

有人问，为什么要给
这个荒岛命名，就像
给人起个名字一样
　对呀，岛屿也有生命
　是生命就得有个称谓名号
　这更是航海的需要

岛最先搭救了渔民，危难中
敞开了温暖无私的怀抱
　这是天意和命运造就
　并不是我们刻意高调
知恩感恩永世不忘
个中道理，世人知晓

　是耶
　是也
大海孕育了赤子
赤子当予母亲深厚回报
　殉难者和幸存者
　包括那些鱼儿和水鸟
在不可预测的大灾面前
用生命共同把奇迹创造
　渔民，大海，岛屿
　讨海，冒险，发现
撞击出一个文明火花链条
这就是历史的走向
　啊！东海上，新坐标

第七章

向导官船

人过头了多事
风过头了多灾

——渔民谚语

爹说，出海前先补渔网
娘说，出门前先补衣裳
我说，上学前先补裤裆
  裤裆裤裆二尺长
  揣个香蕉悄悄长
谁也不知啥模样
说啥也不给你尝

——渔寨儿歌

一

钓鱼岛之东北方向
散落着星星点点的岛屿
  漂泊在浩渺的波峰浪谷
  宛若虬龙在水面遨游
这里风光旖旎奇绝
仙山玉宇美不胜收

　海马，珍珠，玳瑁
　牡蛎，龙骨，珊瑚
说不尽的美味美色美景
吸引了四海商贸船舻
　这就是著名的琉球群岛
　羡人眼眸的海上明珠

但是，岛屿之间互不来往
部落相互间总有械斗
明太祖派使臣远赴群岛
下旨确立统一王国君主
　统一稳定无战乱
　民众才有安乐幸福
群岛蛰伏着蛟龙
东海上升起了耀眼星宿
　巴志，年轻的英雄首领
　用智慧和力量统一群岛
建立了琉球王国
并将首里城定为王国首府

巴志即派使者奔赴北京
取得天朝的认可与保护
　大明天子览奏册龙颜大悦
　迅即送上贺礼丰厚
并赐国王姓尚
以示姓氏高尚尊贵
　册封为东海琉球王
　国自治，但为我朝藩属

从此，历朝历代
尚真王的子孙
皆与中原王朝友好相处

日月流转无期碍
浩瀚大海水长流
　治国安邦功劳大
　人生风光总有头
前不久，琉球老国王仙逝
朝廷赶紧派遣官员吊唁
并册封新的国王元首
　皇上京城颁御旨
　命两岸三地渔家兄弟
　你们识得风向海路
引导官船莫偏航向
确保安全护卫左右

浪花淘洗着岁月
后浪推送着前浪
波峰浪谷脱颖出新一代舵手
　两岸渔家三支兄弟船队
　又涌现出了后起之秀
这些朝气蓬勃的年轻把式
海上的一套行船捕鱼活路
摸索得既精细，又深透
　遵照旨意，按照分工
　各自率领众弟兄日夜忙碌
接到圣旨的沿海渔民哟

欣然共享阳光雨露

二

东海之滨港湾众多
东方第一港非泉州莫属
　江海交融，造就
　三湾十二港航道深邃
　可泊商旅巨轮百艘
三十二街巷店铺繁华
蕃客、蕃学、蕃坊、蕃商
传教士、旅行家、富贾贵族
　市井十洲人在此乐享自由
　怪不得有人傲然戏称
天下三分明月夜
二分无赖在泉州

海岸开放泉州城
秀美城门不高矗
　风光绮旎门户敞亮
　素向为海外友人钦慕
这一天，艳阳高照久米村[1]
人人身穿节日盛装
见面贺喜，颜开笑逐
　人流如线挤满骑楼

---

① 久米村：系当时琉球友人在泉州的集中居住地，犹如华人在海外的唐人街。

　三弦琴、鱼骨笛、乐器鼓
鼓乐声声，融化满城
红红火火刺桐花
飘撒在街头巷尾田畴

从城里到长长的海岸
从洛阳桥到林銮渡
　到处人山人海
　欢乐的人们倾城而出
　江河汇海不断流
一群狮子腾挪跳跃
几条长龙盘旋飞舞
　友谊门，缀满青松翠柏
　高跷队，一路彩装水袖
歌声与涛声汇成合唱
人与海心情如潮水般起伏
　威武雄壮的仪仗队
　呼啦啦，吹响了喧天号谱

国相交，民相亲
僧尼道士率领俗家弟子
敲击着木鱼法器法鼓
　祝愿吉祥，祈祷平安
　亦汇入了送行的洪流
为表达民众的友谊
商家土豪纷纷献金献礼
　一船船木器漆器瓷器
　一担担鹿茸人参三七

一车车纸伞绫罗丝绸
茶叶笋干蜜饯橄榄
经络铜人火罐针灸
穷尽中原特产稀罕物
还有铁器火药与弓弩

册封使乘坐的虎头官船
早已稳稳停泊在码头
天朝国运昌盛无比
太平盛世，皇恩浩荡
彰显大国风度
彩漆金粉华美无比
船头的猛虎傲然昂首
船身打造成六层舱房
可挂十二篷硕大的风帆
如同海上行走着一幢
宏伟巨大的城堡高楼

风起于青萍之末，轻轻地
吹拂着一乘绿呢八抬轿
平稳前行无颠簸
铜锣响，锦衣卫队前面开路
吼声起，提枪持盾威武赳赳
看热闹的市民立即闪开，目送
绿呢轿子一直抬上大船
随行官员早已分列两厢
前呼后拥，礼貌侍候
哦，朝廷派遣的特使

原来是尊敬的皇亲贵胄

高大的榕树华盖护天
大红的刺桐花云霞绽放
礼花五彩缤纷漫天飞舞
　鼓乐笙箫齐声鸣奏
　山呼海啸如龙吟狮吼
册封使气定神闲中舱坐定
从舷窗向欢送的人们
　点点头，挥挥手，于是
　海上岸上齐声欢呼
快乐激情溢满港湾
涌动起壮丽的彩色洪流

龙旗虎旗红旗黑旗，都愿意
在这官民相交的场面显示
　商船游船民间花船，更不甘
　在热闹的生意场所落后
各色彩旗猎猎迎风飘扬
帆篷冉冉似白云朵朵
　冲天礼炮二十四响
　水手们摇起了丈八长橹
龙与狮，舞动得潮推浪涌
鼓与乐，喧响得风摆杨柳
　此刻，特使老爷的雄伟舰船
　已经驶出了热闹喧天的港口

三

海岸边，鼓乐袅袅余音未尽
港口外，飞翔着欢快的海鸥
　大把式率领的船队
　一切准备停当万事俱备
　早已在防波堤外恭候
爬在桅杆上的哨眼
打声呼哨放开喉
　——官船来啦，官船来啦
　朝廷的龙旗我已看得清楚
老大舒展笑容
敞开怀，解下头帕
在空中使劲抖三抖

——好嘞，起航
众船主齐声应答
起锚，张帆，稳舵
忙坏了大副二副与水手
　船队迅速地分列两旁
　让开中间宽阔航道
　人们在各自的位置致礼注目
官船航行在中央
众渔船两旁紧跟其后
　早有一条快捷舢板
　在前面领航开路

前船，劈风斩浪行进

后船，一往无前紧跟
　百多张篷帆迎风展开
　天海之际云卷云舒
庞大船队威风八面
恰似金戈铁马队伍
　马蹄嘚嘚如万骑驰骋
　车轮滚滚似千乘奔突
难得一见的海上奇观啊
赫赫然，浪花千朵吻蓝天
雄赳赳，气吞万里如虎

不多时，又一支船队
飘然而至，轻快如风
敏捷得好似柳絮飞舞
　这是二把式在半路接应
　等候多时，不避风霜雨露
大把式向二把式吹响螺号
道声辛苦打招呼
　调整各自的船队
　紧跟官船一左一右
弟兄们尽心尽力
恰似民间锦衣卫
保护官船平安远渡

路漫漫兮水长流
一群辛勤的拓荒者
　在荆棘丛生的漠野
　开辟出一条阳关大路

梨花绽放大地飘香
麦浪随风起起伏伏
　高粱点头微微地笑
　荞麦花在旷野天际头
这支官民组合的船队哟
百舸争流如脱兔
辽阔草原尽情追逐
　牢记朝廷谆谆嘱托
　谁敢有半点含糊

送走晓风残月
又见阑干星斗
　不怕太阳炙烤似火烧
　何惧风浪颠簸船如球
官船硕大相对平稳
但架不住路途遥远
官员免不了恶心呕吐
　头晕眼花胃肠翻腾
　浑身疲软筋骨如酥
再看我等渔家兄弟呀
肩负责任千钧重
个个身心无碍精神抖擞

四

看，快看哪，那是一座岛
官船上所有的眼睛
齐刷刷，同一个焦距

投向前方海天相接处
　嗯，是岛，真的是岛
　啊，海上一座岛屿
　就是平地一峰高山
由岛与山的交替联想
闪开了如梦如幻的薄雾
　深蓝海水依依托载
　湛蓝天宇头顶照护
所谓伊人，在水一方
辛勤焦虑的荒漠旅行者
终于见到了久违的绿洲

启禀老爷，这就是钓鱼岛
它是我朝海上门户
　品佳茗，听南音[①]
　在漫长乏味的航行中
　特使老爷就爱这一口
听说到了钓鱼岛
不吃丸药，不扎针灸
　一扫远航的倦意
　心绪高昂走向船头
啊！疆域图上的钓鱼屿
今日竟亲眼目睹
　绿草，鲜花，树木
　峰岚，巉岩，石臼
巍然伫立于水中央

① 南音：闽南一带的说唱艺术。

哈哈，宝岛品相不俗

岛上打出旗语
请特使老爷上岛巡视
视察这灼目耀眼的海上热土
　册封特使点头应允
　师爷船头发号令
　官船渔船纷纷减速
靠近宝岛倍觉亲切
兴奋，提神，好奇
舵稳船平谁也不含糊
　此刻，飞翔灵动的梦幻
　盛开得有如花团锦簇

年轻的三把式英姿焕发
做事牢靠，手巧心灵秀
　七条渔船紧贴岸边
　渔船之间跳板相连
　木板铺满浅海滩涂
稳当当，平坦坦
犹如搭建一座临时码头
　册封特使走下官船
　经过跳板，再上码头
如同行走在长亭水榭
船不摇，身不晃
步步如履平阳坦途

特使兴致盎然上宝岛

顿觉这景色新奇眼又熟
　他先就近走在岛这边
　放眼大海气势磅礴
　又走到岛的那头
再听大海涛声如战鼓
肺腑开，呼吸八面来风
极目舒，俯瞰水中精灵遨游
　气贯华盖胸中涌
　风雷滚滚动九州
啊，老夫难得至此视察
托皇恩，生命无虚度

钓鱼岛啊，钓鱼岛
傲然屹立好威武
　初识真身刮目相看
　东海之上拔头筹
有男子汉的坚毅忍耐
有渔家女的勤劳温柔
　襟怀坦荡心无二
　决不，决不随波逐流
心如锁钥般坚守
身似雄关般牢固
　品格高尚做事低调
　华夏风范传承依旧

五

特使轻捻颏下须

头上帽翅颤悠悠
　沉思遐想心潮澎湃
　连声赞叹不绝口
皇天后土，国运泱泱
感念祖上广积阴德
哦，我朝得天独厚
　哈哈，蓦然回首
　那人却在碧波荡漾处
册封特使蘸墨挥毫
一气呵成“东海锁钥”
　顿时，海宇闪亮四缕光束
　天际畅响雷动般的欢呼

人与岛，皆英雄
千年笔墨写青史
今朝更风流，更风流
　册封特使情绪高昂
　伫立宝岛临风把酒
祭天祭地祭海祭岛
并祝君王万岁伟业千秋
　赫赫功业已建树
　万民福祉当常留
天海相连浩渺无际
陆地海洋皆为我天朝疆土
　距离远近无亲疏
　朝廷无时无刻不关注

千淘万漉虽辛苦

吹尽黄沙始见金
　两岸三地渔家众兄弟
　家国情怀忠赤浓稠
海上捕鱼行船当小心
若遇险恶自有宝岛相护
　多在周边捕鱼护岛
　不让外人踏进半步
留意守护祖宗遗存
朝廷民间同心同德
该出手时就出手

渔家兄弟齐声唱喏
振精提神朝天打稽首
　请老爷放心，朝廷放心
　谨记大人谆谆叮嘱
我等世代在此谋生
行船捕鱼从不惹是生非
　爱岛，守岛，护岛，建岛
　不让祖宗在天之灵蒙羞
咱的渔场咱的家园
手捧饭碗才有幸福
钓鱼宝岛千古不朽

册封特使十分满意
留恋不舍再次环顾
　天高水远得趁早啊
　只得向宝岛告别挥手
渔家兄弟说，老爷

再往前行那片水域
就是分界线黑水沟
　我等渔民小木船
　从来守矩不越此界
　不给邻邦添乱添堵
前路遥遥风急浪又高
更须提防海盗倭寇

老爷定要小心保重
此行确实千辛万苦
　为国为民为友邦
　方显特使荡荡襟怀
　我朝浩浩大国风度
当官船接近那片水域
定有友邦的船队迎候
　那霸港的诱人风光
　三十六岛的景象气候
那就是誉满东亚的
“万国津梁”之王国琉球
真个是自然美景天造就

六

心相通，情相融
为欢迎朝廷尊贵特使
为感谢天朝皇恩浩荡
　年轻国王将亲切执手
　远道而来的天朝朋友

盛大的册封仪式
动人的迎宾乐舞
　觥筹交错，曲水流觞
　岛国特有的珍馔美味
异国他帮的风情民俗
美女香花，浪漫温柔
　百回欣赏千般品尝
　啊，不够，不够
　万千滋味在心头

鱼跃跃兮鸟啾啾
天上飘来祥云几朵
海上拂来清风如梳
　啊，老爷呀，您一再
　语重心长嘱咐我等
我等也要给您送上
至诚至真的祝福
　为了朝廷的庄重威严
　为了您的健康长寿
到了那儿可尽情享受
但千万莫乐不思蜀
优哉游哉久逗留

是今秋，勿离愁
待您凯旋归来日
宝岛风光愈加俊秀
　我等依然在此恭候
　岛上虽简陋，设盛宴

为君洗却风尘劳顿
只为加深彼此情谊深厚
　开怀畅饮三海碗
　没有歌舞只有酒
　放开海喉吼三吼
宝岛与我同享同乐
不醉不休，不醉不休

有人说，酿酒离不开好水
但，如果单单只有
大麦、高粱和米谷
　没有上好的酵母
　没有时日的等待煎熬
　再好的水也酿不成好酒
缺少日月跌宕奔涌轮回
就没得应有的醇绵丰厚
　我等深知风霜雨雪的滋味
　心怀感恩常乐知足
苦的，辣的，甜的，酸的
一股脑，甭咂摸
谁能说得清楚

　是耶
　是也
尊重友谊的朋友
你我共享大海凉热
　携手前行风雨同舟
　岛的荣耀，岛的忧愁

同在一个频律搏动
彩云出岚岫
　海的安宁，海的丰收
　心系一处情更稠
面朝大海开怀痛饮吧
请将酒碗高高举过头
　啊！谢朝廷，祭妈祖

第八章

东海明星

海盗下手前先祷告
色鬼进入前先下跪
渔人出海前先祭天

——渔民谚语

大的是岛，小的是礁
都是娘娘种的宝
　红的是花，绿的是草
　都是大地的根苗
红花绿草画美景
大岛小礁鱼儿跑
一个也不能少

——渔寨童谣

一

云朦胧兮雾朦胧
海岛静观世界阅尽千古
既无惆怅，更不邀宠
　四时八节为天道
　每年都有春夏秋冬

好一座风采怡人的岛哟
如一尊大佛巍峨于东海
不言不语，默然不动
　甘做不起眼的驿站
　胸怀苍茫大海奥秘重重
　　苦修炼，攒内功
　　低姿低态看世界
　　目光灼灼望星空

旭日，静悄悄地
在海平线上懒散地晃悠
韬光养晦，仿佛无动于衷
　借助于海水不经意的推动
　运足一口丹田气
蓦然奋力一跳
跳出了夜与海的掌控
　钓鱼岛欣赏旭日鬼精灵
　孩童般地抿嘴嘻嘻笑
岛与太阳呈现花一样的面孔
啊，痴迷了多少好奇的眼眸

钓鱼岛平日喜好雅静
恰似淑女待字闺中
　虽不提花绣朵
　也不裁剪补缝
但丰收喜悦撩满眼
听歌听浪听鸟鸣
盈盈笑意让人怦然心动

轻波柔浪的摇篮曲哟
催眠着玫瑰色的梦
栉风沐雨陶冶情操
日精月华保养颜容

其实，我们的钓鱼岛哟
铁骨铮铮的男子汉
顶天立地的大英雄
能享受阳光白云的
温情脉脉轻柔浪漫
能经受狂风暴雨的
残暴无情摧残凶猛
经年累月太多太多的
有情洗礼和无情围攻
大海就是烈焰猛火炼钢炉
铸就了他执拗的性格
泰山压顶不弯腰
超凡脱俗和而不同

二

浪花，浪花送别了
一个又一个日子
太阳和月亮的交替
在海上轮回碾压滚动
又不知过了多少年
梭子鱼的孙子
做了一个长长的梦

那一天，那个梦
让他和小岛都有
脱胎换骨的惊恐
狂风暴雨猛劈猛打
雷霆电闪狂轰狂冲

大海像只巨大的锅炉
不知是谁点燃一把火
海水烧得翻滚沸腾
世界被颠过来又倒过去
岛被沸腾海水抛上天穹
岛被雷电一下子劈开了
又被一双巨手急切地捏拢
小梭子鱼惊问天神
您老人家又要来一场海难吗
让大海再次变成坟墓
天神笑笑，只说你不懂

抛上天，跌下海
击碎了，又合拢
天翻地覆山海巨变
日旋月转难测吉凶
我们的钓鱼岛啊
催化在风雨雷霆下
蜕变于凤凰涅槃中
好似骰子在魔杯里
剧烈摇动下重新排列组合
一幅不可预知的海市蜃楼

哗啦啦，电闪闪
猛地一个华丽转身
惊现灼目耀眼的瑰丽彩虹

曾经插在岛上的鱼竿撑杆
得了一口仙气——活了
一排排青松翠柏郁郁葱葱
曾经晾晒渔网的坡地洼地
有了灵性记忆——长了
一片片奇花异草致密丛丛
曾经躲猫猫倒扣的小船
鬼斧神工——变成了
一孔能躲三五人的涵洞
神秘的奇迹，千古之谜
神鬼皆被她的美貌所惊艳
痴迷了一双年轻的眼眸

更神奇，三位头领把式
曾经并排钓鱼的石崖
——长高了，高了
成为一座昂首挺立
俯视大海的雄峰
那是船舶的航行标志
万人瞩目的天地英雄
分担过宝岛的苦难
共享过宝岛的灵动
天神地神海神看在眼里
回报馈赠不在早晚春冬

钓鱼岛周围海域
是我们的传统渔场
钓鱼岛的海韵潮音
　是我们讨海人
　听不够的暮鼓晨钟
每当夜阑人静时
每当潮退波平海安宁
　那二百来人钓鱼的壮举
　铁汉子们惊天动地的哭声
那景象，那声音
一次次惊现在海域
三分神奇七分幻梦

三

人间正道德为先
心有灵犀情相通
　所有船队，所有渔村
　两岸三地渔家弟兄
皆有一个共同心愿
定要塑造海神娘娘金身
　伫立于钓鱼岛主峰
　俯瞰大海潮起潮落
耳听苍宇八面来风
引导航船方向不偏
　保佑渔民平安幸福
　世代享受膜拜尊崇

百花微笑在春天
鸥鸟翱翔在海空
　人世变迁，沧海桑田
　岁月更替，风推浪涌
又一代年轻把式三兄弟
同在一条船上议事
上香敬酒，歃血誓盟
　延续老辈把式的友谊
　爷孙父子经脉血流相通
定要将海神请上岛
了却先辈遗愿
报答娘娘天之恩宠

三支船队犹如三支马帮
三拨弟兄个个是离弦箭
恨不得一马当先往前冲
　按部就班，统一规划
　各自尽心竭力表孝忠
你备材，他运料
我出巧匠与能工
　三位把式庙堂卜卦
　选择良辰吉日
天时地利又人和
海神助我马到成功

　大伙儿在各自村寨
　充分准备，分毫不差

于同一天同一时出发
直挂云帆济沧海，朝着
同一个目标破浪乘风
　云帆遮盖了海面
　激情烧红了天空
那些人，那队船，那片海
海平线紧绷成一张忙碌的弓
　浪花朵朵迎潮绽放
　万顷花海气势恢宏

此刻，我们的钓鱼岛啊
恰似一位慈祥的老人
　会心地微笑着，眼睛
　盯着络绎不绝的帆篷
他向这些亲近的年轻人
敞开了温厚的心胸
孩子们，放开手脚吧
　任你梳洗与打扮
　任你装点粉与红
野花含苞摇露珠
春草破土现初萌

细测风水，演绎八卦
头上三尺青天照看
土木之工不可擅动
　主峰前方向海处
　平台高耸，巍峨显峥嵘
就在此处选址

阴阳平和紫气来东
　嗨哟嗨哟，嗨哟嗨
　夯实墙脚保长久
百年大计不可马虎
垫高基座更显威风

北京带来设计图纸
华美大气，坚固凝重
　台湾请来画像师
　福建请来塑像师
　南京来了美容彩绘工
人人漂洋过海不避风浪
见面道声“福”唱声“喏”
　无需表白，信仰在胸
　广做公德多行善事
能亲手参与建造娘娘庙
人生幸运，老死不平庸

四

哦，看那天边的彩虹
瑰丽得百媚千姿
催醒了建庙人的荷尔蒙
　那是飘逸的霓裳羽衣
　那是红嘟嘟的嘴唇儿
　那是粉嫩嫩的脸蛋儿
啊，遐想幻梦，撞响了
撞响了男子汉心口的钟

温婉的妻女情人
都在海的那边
伸手够不着，要相见
得等到娘娘庙圆满竣工

承受台风无情袭扰
不怕高温苦苦煎熬
忍住成群小咬毒虫
太阳月亮可以轮番休息
可木匠石匠大工小工
白天黑夜总是脚步匆匆
邪风猛雨恨不能掀翻宝岛
人们一次又一次搭建
遮阳避雨的寮棚
吃苦受累不在话下
只因心中有个高远的梦

坎坷过后有坦途
风雨之后见彩虹
两个一百零八天
二百多个晨昏
终于，大工告竣
海神娘娘宫巍巍然
伫立在钓鱼岛主峰
笑看四海过往船只
聆听八方风声涛声
悠悠然，尽收娘娘耳目
情丝绵绵天高远

爱心柔柔水向东

我们崇敬的海神哟
娘娘体态优雅庄重
啊，气度华贵从容
　讨厌戕害渔民事
　蔑视兴风作浪人
　爱憎分明，目光炯炯
不在乎风在头顶上吹拂
却喜欢白云朵朵如顽童
　任你颠三倒四作乱
　任你电闪雷劈行凶
我呀，我海神娘娘
笑傲东海岿然不动

海大笑，鱼跳跃
舞动的长旗经幡
化作清风细雨
　一群参与者，一群男子汉
　成功的喜悦泪眼蒙胧
太阳月亮一脸惊喜
四方诸神更是一瞥惊鸿
　东海渔民纷纷至此
　烧香，叩首，礼拜
　许愿，祝福，祈祷
有娘娘护佑讨海人
诸神自然各司其职
　从此海事平安，不再

　神鬼惊骇天翻海动

茫茫大海迷航的船
宛如草原迷途的羔羊
　焦急无奈，救助无门
　叩问大海该向何处
　失去方向何去何从
自从钓鱼岛主峰
伫立了光艳的娘娘宫
　东海就有了航海标志
　犹如指引航向的灯塔
云里雾里不迷航
霞光万道红彤彤

暖暖的，暖暖的阳光
润润的，润润的春雨
我们尊崇的海神娘娘啊
您是慈航普渡的圣母
　您胸怀博大，格局宏伟
　能容天下难容之事
　世界因您而不同
闲观潮起潮落不倦怠
笑看云卷云舒兴致浓
休管世间红尘滚滚
　日月平顺自然更替
　谁也倒转不了时空

西边，送走海上明月夜

东边，迎来天际朝阳升
　东海两岸风调雨顺
　海上的船只茂密繁荣
渔民欢天喜地闹海不懈怠
大海的酬谢总会给予公正
　出海，撒网，捕鱼
　满船丰收情意浓
安宁，关爱，幸福
人人友善和睦，啊
　天遂人愿有盛世
　梦想伴随激情交融

五

岁月更替总有定序
东海之水难觅行踪
　大海潮起潮落无休止
　忙碌着，一会儿让浪花
捧出牡丹花般的彩霞
一会儿，让颓势的退潮
送走血红满天的落日
　那恰恰是她无与伦比的
　紫丁香般的淡定与从容
善良人怀着温暖的内心
敬畏海洋的博大神圣
　歹毒者一肚子黑色脏腑
　伤天害理罪恶无穷

哦，最难忘那一天
正是夕阳西下时候
　梭子鱼的后人小梭鱼
　正带领一支船队
　满怀丰收的喜悦
并带着酒水和香烛
感谢娘娘亲和的恩宠
　当渔船靠近钓鱼岛
　人们惊讶地发现
　岛上怎么不见娘娘宫
大伙儿急着跑上岸
扑向宝岛主峰，天哪
　惨不忍睹，惨不忍睹啊
　惨状令人结舌瞠目

金碧辉煌的宫殿遭劫难
娘娘金身被推倒
高高的基座被掏空
　青松翠柏被砍伐
　化为灰烬的是渔民
　遮风避雨的那些寮棚
是谁？是人还是鬼
肆无忌惮践踏神灵
　丧尽天良没人性
　谁敢如此发狂发疯
　真格是一帮无赖泼皮虫

眼前的惨状，真让

渔家兄弟难以接受
仿佛渔叉戳破肺胸
　拳头紧攥，攥得咕咕响
　眼珠子气得血样红
仰天长啸苍天无语
大海呜咽寂寞无声
　胸中一腔悲与愤
　眼前迷茫泛空蒙
呼天抢地无结果
顿足捶胸向长空

心头流血血不止
嘶声呼喊无回音
　请听听我们的呐喊吧
　万能的诸位神灵天公
是谁？这样觊觎钓鱼岛
仇视娘娘的慈悲与神通
　万里海疆有注脚
　千年万年人岛情缘浓
今朝不明不白遭此横祸
令人悲愤填膺
激起我满腔怒火熊熊

假如再建一座娘娘庙
再塑一尊娘娘金身，我
将在娘娘脚下搭个寮棚
　日月风雨与我为伴
　守护尊神不离左右

　看谁还敢来发飙耍横
假如有一天我会死去
我将在此撒下真情万种
　岛上的泥土山石
　就是我的坟墓
再插几枝青绿茱萸
栽棵浪漫的丁香树
敬仰与执着是我心的脉冲

六

朝霞染红了大海
落日把海水煮得沸腾
　秋风过处芦花飞扬
　春雨送来暮鼓晨钟
帆篷更换了一张又一张
渔船修补了一次又一次
　博大宽广的大海胸怀
　稀释了人世间的恨与痛
两岸三地渔民兄弟哟
那抹不去的记忆
冲不淡的心愿
　是一粒不死的种子
　总在心海里发芽萌动

此后，一茬又一茬渔民
一代又一代渔民的子孙
怀揣一朵洁白的莲花

　心有千千结
　暗香不时浮动
翻检大海经年的波涛
历数云飞星灿的长空
　纵有千难万险，也要将
　海神娘娘请上钓鱼岛
让灼灼启明星
睁亮航海人的眼眸
光耀泱泱大海之东

波涛里传来快乐的节奏
啊，我听见，听见了哦
　在万物复苏的大地上
　那是亿万人铿锵足音
前进的步伐那么整齐
如万马奔腾，轰轰隆隆
　磨难，灾祸，沉沦
　在不幸中砥砺前行
　更须自我练内功
挺直腰杆强壮自己吧
用虔诚热血和智慧
勾画出明天的彩虹

有人问，启明星
为什么在黎明前最亮
最先撩开层层夜幕，其实
　启明星总是亮着的
　只是处在光明中的人

往往忽略了星星的存在
当你在黑暗中茫然四顾
黑沉沉的天幕上，就会
给你挂起一盏最亮的灯
呵呵，无论逆境顺境
还是多抬头看看天空吧
没准什么时候，她会璀璨
你心田将要枯萎的花丛

是耶
是也
世界潮流浩浩荡荡
扬帆踏浪水向东
高高捧起爱的信仰
梦想随着希望搏动
海上舟楫相望，篷帆相拥
再树一面长幡大纛
“护环海风正帆悬
佑一方潮平岸阔”[①]
这就是高悬的启明星
恒久照耀着海宇苍穹
啊！海之梦，千秋功
千秋功，海之梦

① 写有这两行文字的长幡，至今仍在两岸的海神娘娘庙前飘扬。

尾声

出海不怕雾
风来就散去
走路不怕鬼
就怕拦路水

——渔民谚语

大鱼吃小鱼
小鱼吃虾米
　虾米吃蟆蟆
　蟆蟆吃泡泡
潮涨啦，潮退啦
虾米螃蟹都有啦
小猫小狗不饿啦

——渔寨儿歌

一

　风雨过
　情扭结
娘娘金身被砸毁
良心丧尽遭天灭

沿海千万讨海人
终有愧疚心流血

两岸渔民上血表
禀报朝廷建功德
朝廷体恤民情意
重修金身颁文牒

皇上遣员再上岛
工程浩大声赫赫
护身符咒贴胸前
更有经书与贝叶

官府撑腰人气旺
两岸民众手相携
倾其所有表衷情
人力财力不吝啬

不惧险浪与漩涡
抵御黑风与邪恶
风霜雨雪又四季
海神大庙显规模

二

娘娘容貌多庄严
满面慈祥真亲切
身着彩裙与霞帔

胸挂飘带与玉珏

庙宇气魄够轩昂
青石垒起高台阶
石柱木梁保坚固
描龙画凤似宫阙

东海之上升明星
威振海疆光烨烨
百鸟来朝歌太平
草长莺飞舞彩蝶

官员上表奏朝廷
五洲欢腾龙心悦
皇上御旨诏天下
国泰民安庆佳节

商船渔船庙前过
感念天恩惠光泽
行船打渔避风险
保岛护岛强骨骼

三

月东升
日西落
光阴织就蜘蛛网
风摧雨打如斧钺

日侵月蚀天无情
白蚁作祟虫鼠啮

皓月之辉遭嫉妒
海外爬来龟与鳖
偷梁掘土破风水
多由倭寇与盗贼

台风烈日强摧残
金宇飘摇庙倾斜
地震海啸频频至
骇浪排空性暴烈

一朝地动海底来
百年庙宇打趔趄
庙坍神毁撑不住
狂风猛雨飘落叶

再建庙宇再遭毁
渔民心痛肝胆裂
海上若无娘娘庙
黑夜沉沉不见月

四

赤子心
坚如铁
民众多次献敬意

上岛设计又勘测
　每到起航动工时
　多遇海盗与妖孽

抢我木料与石材
寮棚锅灶肆意拆
　毁我船只又伤人
　恶行恶语赛蛇蝎

末代王朝堪腐败
国运不昌势衰竭
　鸦片战争往后数
　割地赔款忒卑劣

洋人闯宅大屠杀
龇牙咧嘴多诡谲
　民不聊生任人欺
　天昏地暗无颜色

英雄迟暮，大海呜咽
星辰陨落，杜鹃啼血
　记忆不会丢失
　梦幻岂能割舍

嗟乎！遍地点燃星星火
炎黄子孙是豪杰
　万众一心筑长城
　雪耻明志反侵略

还我河山还我家
山披绿装水清澈
　扬眉吐气头高昂
　月朗星明舞嫦娥

阳光明媚气象新
蓝天白云和平鸽
　春江水暖百花艳
　万方歌舞起音乐

五

　兴耶
　兴也
敢教古老华夏强盛
迎头追赶飞奔列车
　延续祖宗千年香火
　畅通文明流淌血脉

不能让苦难轮回
不再叫山河残缺
　千万步伐齐奋进
　振邦兴国创大业

激情舞动疾步走
直奔康庄路宽阔
　百尺竿头再努力

歌声笑声装满箩

复兴之路有艰辛
难免曲折与坎坷
民富国强意志坚
一贯到底志高洁

六

意绵绵
情切切
微风，情歌，渔火
清波，鲜花，绿叶
晚风吹拂儿时的梦
梦想催促我等了心结

钓鱼岛啊
我们的钓鱼岛
世纪更迭数百载
史书篇章一页页
篇篇写着钓鱼岛
页页刻有岛情结

梦将圆
情有约
敬请娘娘上宝岛
世代心愿得了却
东海再升启明星

　光耀云天亮如雪

风云变幻日月新
吟诗唱歌一阙阙
　把酒临风胸襟畅
　百鸟朝贺赛赞歌
啊！听鸟鸣，瞰鱼跃

副歌

鱼多勤下网
船强抗风浪
——渔民谚语

采槟榔呀，嚼槟榔
颗颗槟榔送情郎
　槟榔麻又甜
　满嘴喷喷香
哥儿妹儿夜夜嚼槟榔
有滋有味好春光
一波更比一波浪
——渔村情歌

一

　大榕树
　真气派
枝条落地就生根
一茬一茬长成排
　夏有荫凉冬挡风
　像屋像篷像华盖

长胡须的是爷爷树
哈哈，不长胡须的是奶奶

当四胡琴响起的时候
炊烟正在渔村上空徘徊
　夕阳在海上挥金撒银
　恋恋不舍退出舞台
一群鹅鸭海滩上觅食
几条野狗争抢鱼虾残骸

萤火虫在琴声中尽情舞蹈
扇动夜色布下暮霭
　我的心儿一阵慌慌
　赶紧扒了几口饭菜
不时向那边瞅一眼
早早地放下了碗筷

放下碗筷拔腿就跑
差一点儿崴了脚踝
　“你吃饱了吗？
　莫跑，你这野仔”
娘的叫骂声我没听见
悠悠琴声直把我拽

一边抹嘴一边跑
琴声让人心痒难耐
　伙伴们和我一样心猴
　没等饭熟就跑了出来

看，有的掰根香蕉吃
有的啃着芋艿

每条树根都是板凳
有点儿尘土也无碍
　早到的占好了位置
　晚来了往树上一歪
七嘴八舌叽叽喳喳
一群小鸟挤挤挨挨

莫得吵哟莫得闹
伢仔们多乖乖
　好听老爷爷唱古调
　哪个说话遭脚踹
嘎吧一声静无语
只有心跳在加快

二

　老爷爷
　好崇拜
皱纹满脸赛核桃
长长胡须黄又白
　怀揣一把四胡琴
　斜肩挎个布口袋

眉毛浓又长
两眼罩雾霾

调试弦码听听音
甩开膀子拉起来
宫商角徵羽[①]
一腔激情多豪迈

大段前奏撩人心
先来几句开场白
自从盘古开天地
混沌世界初始化
边拉边唱好动人
汩汩清泉流出来

本是粗声大嗓门
我听了好似天籁
星星喜得直眨眼
月亮听了嘴咧开
萤火虫乐得满世界舞
小花小草直把腰肢摆

小伙伴听得入了神
手舞足蹈嘻嘻笑
有的低头细聆听
有的眯眼打节拍
沉思不语默默记
一段歌词一音阶

① 我国民间音乐谱号。

声如裂帛丹田气
大段唱罢气力衰
　小听众乐得拍巴掌
　爷爷累得直把大气喘
可着劲儿直嚷嚷
——爷爷，歇会儿
歇好了再来，再来

三

爷爷端着泥壶喝口茶
布袋里掏出米粑掰一块
　囫囵儿口解饥渴
　重操弓弦调音阶
再运一口丹田气
惊天动地好气概

阅尽千古惆怅事
五冬六夏落尘埃
　目光灼灼望星空
　低姿低态看世界
但喜看白云眼前飘过
却原来白云朵朵飞天外

爷爷好似虎啸月
威武气势真出彩
　千军万马出征去
　得胜还朝齐奏凯

号角吹响进军曲
发号司令是统帅

歌声好似三江水
滔滔潮水漫阶苔
　悲情大发愁云起
　孤独无助人发呆
泪水汩汩流满脸
琴声歌声心悲哀

青枝绿叶大榕树
好一个天然大舞台
　每当夜幕降临时
　老爷爷的歌声琴声
　总是紧钩我的腮
放下碗筷往外跑
蹦蹦跳跳像蟋蟀

一遍又一遍
一年又一年
　一字一句一段落
　浇灌着小小的心怀
再后来，爷爷唱歌我也唱
字字句句不更改

爷爷夸我记性好
大人夸我很聪明
　自个儿笑得挺腼腆

小伙伴夸我是乖乖
我说，我像一个水果贩
哈哈，只会现买现卖
全是老爷爷的彩

四

长大上学离开家
见不到故乡的炊烟
看不到把我抱大的海
感受不到四胡琴的音韵
听不到粗声大嗓的歌
更看不到老爷爷
拉琴唱歌的豪迈风采

风采，记忆中的风采
常在我睡梦里徘徊
学业，生活，工作
让我一头钻进了书斋
书斋，书斋，书的海哟
阻断了我与大榕树的血脉
剪断了我与母亲的脐带

春江水暖鸭先知
蜂蝶竞舞百花开
那一年，那一天
我有幸跨过窄窄海峡
来到了向往的台北

旅行车载我环岛游
秀丽风光开启了我的胸怀

岛外，碧波涌蓝天
岛内，绿荫满覆盖
　日月潭的清秀淡雅
　太鲁阁的奇伟险怪
漫步爱河多浪漫哟
再看一眼北回归线
嗬，多么神秘的地理分界

昨夜下榻宜兰
早起散步到渔寨
　千船安详泊港湾
　晨曦正从桅杆上洇开
面对深蓝色的大海
淳朴秀美渔乡风情画
惹我心跳惹我爱

　恍惚间
　心忐忑
何处音乐让我惊骇
哦，是琴声，是歌声
琴声歌声汇一处
　水乳交融难分难解
　又一次钩住了我酸酸的腮

情急不择道路

循着歌声找去
哪管林深路隘
　那片芭蕉林边缘
　中年男子拉琴唱歌
女子拍击两片乌木板
歌有豪迈激情在哟
哎唷嗨，情中有怨艾

五

他俩身后是木屋
周围一片绿茵如海
　旁边是一畦小菜园
　长着水灵灵的绿菜苔
我轻轻走过去
谨慎揿启录音笔
岂敢慌张草率

“——全体弟兄们
请举起右手
　我们给海岛正式命名
　代表朝廷赐封诰……
这个岛，我们就命名
——钓鱼岛，钓鱼岛”

我不觉一阵眩晕
录音笔差点儿跌落尘埃
　这不就是原汁原味的

　钓鱼岛之歌吗
没想到数十年后
她再一次冲击我的耳麦

本想第二天再去拜访
可天亮前的一场大雨
竟让观光路线更改
　我呼唤着那片芭蕉林
　那儿的歌声牵动我情怀
可她没在意，没给我
半点儿回响与青睐

心焦急哟好无奈
苦恼在分分秒秒中度挨
　几天之后我从台湾归来
　下了飞机，走出机场
神灵驱动着我的双脚
没让我再回到书斋

急忙改乘火车
回到生我养我的渔寨
　拥抱苍老的大榕树
　探望我的摇篮我的海
我要找回失去的灵性
亲笔录写那首古老的歌
接通给我生命的脐带

佛陀在鹿野苑

度化了第一批弟子
世界从此慈悲为怀
　孔夫子于杏坛
　教化了弟子三千
　仁义礼智信传承千载

老爷爷在大榕树下
唱响东海数百年风云
情深意长我能解
　我要继承老爷爷衣钵
　回到大榕树下
找回往日魂魄
岂能置身度外

六

　心潮涌
　血澎湃
家乡渔村变了模样
青砖瓦房一排排
　环海马路多宽阔
　刺桐榕树高大帅
村头鲜花笑脸相迎
乡情亲情直扑我怀

走进村，一眼看见大榕树
依然如当年青枝绿叶
　仿佛听到了琴声歌声

老爷爷风采不减音容宛在
老人家，我从未淡忘您呀
您的歌声琴声笑声
一直在我心里承载

儿时的伙伴听说我回来
都来看我，你拉我拽
伙伴之间依然两小无猜
我们一起来到坟山
就见老人家坟茔周围
到处是鲜花绿草
环绕一片青松翠柏

我们先烧纸钱
然后一起跪拜
我在心里默默许愿
老爷爷，您放心
我虽不才，但一定
把您教唱的歌写出来
歌声飞四海，方兴未艾

月是故乡明
人是故乡亲
我们一群中年汉子
聚集在大榕树下
回忆世代传唱的歌谣
启封儿时的那片歌海

拉起老人遗下的四胡琴
天地间回荡着灵性的节拍
　恍然若梦境
　思绪悲中来
醉人的泪滴一串串
独唱合唱不停摆

待我睁开泪眼瞧
眼前站着这么多孩童
喃喃，树苗一排排
　孩童就像我等当年
　没有嬉笑打闹
　听着和着把手拍

　史诗记心间
　传承一代代
往日的时光今又重现
春风化雨润物无声
　火把点亮未来的路
　日后皆是栋梁材

白云缓缓飘荡
清风徐徐拂来
　海浪阵阵敲鼓点
　鸥鸟合唱云天外
男女老少齐聚集
欢歌笑语满渔寨

七

歌声满渔寨，满渔寨
晚霞烧云彩，烧云彩
　村长抬出一缸老酒
　说是窖藏多年舍不得开
全村唱响老辈人的歌
痛饮老酒古今相通无碍

应该，善哉，美哉
村长一席热乎乎的话
大伙点头莫迟挨
　今日就是隆重盛典
　渔村就是大舞台
我们有自己的秀才
用心用情记录下来

女人们拿来酒杯酒碗
孩童们争相把酒筛
　你一碗，我一杯
　兑歌词，合节拍
男女老少放开歌喉
渔村顿时成了歌的海

折根树枝当笔
就着渔火萤火
　蘸着难以斗量的海水
　大榕树就是灵感的书斋

回忆，书写，歌唱
一字一句不更改

　端起酒
　敬祖先
遥祭冥冥中的先辈亡灵
祭拜苍茫的长天与大海
　回到渔村采写歌词
　我的心愿了无遗憾
点点滴滴，无穷滋味
心头生发万千感慨

告慰了老爷爷在天之灵
大榕树让我接通了血脉
　我生命记忆里的“曾经”
　多亏老辈人浇水灌溉
上善若水，流芳百世
抚今追远续写乡愁
犹如四季鲜花常开不败
　啊！倾我心，赴沧海

2012 年秋至 2017 年初夏，
全诗写于井冈山、凤凰城、
黄山、仙桃、天津、泉州等地

后　记

那时，那些
东海的惊涛骇浪
历经六百余年过滤
干燥成了一串故事
我，有幸在海边拾遗

诗，是心的律动。那年秋天，好友夏鹤安排我到南方观光疗养，所到之处感触颇深。人在宁静的时候，独立思考的空间站，会向你豁然开启。不经意间，这个意向，这些故事，那些渔民和渔船，还有那令人神往的岛，一并穿越时空隧道，在飞驰的想象和诗意的画面中，潮水般向我涌来。

于是，我查找史料，搜集民间传说，调动自己有生以来的生活和与海相关的知识，让大海从睡梦中睁开眼睛，检索逝去的层层叠叠波涛，寻找被记忆遗失的碎片。

就这样，我拥抱了大海。

当我真的下海才发觉，自己其实胸无成竹，且并不懂得海之深浅模样！我甚至于把海看成了一只

“大水缸”，只要一瓢饮，足矣！面对海的宽广无垠与深邃无底，海的温顺平和与桀骜不驯，海的快乐欢畅与暴虐无度，以及那神秘莫测的怪异与诡谲，我都不甚了了。

大海是个谜。在海的面前，自己显得那么无知和渺小。

但下海容易上岸难。进退之际，我决意调整心态，再做更细致的准备，不管前面遭遇怎样的风险与漩涡，我当拼力迎风搏浪，坚持抵达彼岸。

头年深秋落笔，第二年隆冬搁笔。在风霜雨雪季节变换中，经受了一年多的苦苦煎熬，总算初步搭建了一个框架。犹如一座大厦，由设计、论证、组织材料到施工，虽经重重困难，万千辛苦，但总算有了个初步模样。

那些日子，我肯定不是坐在安稳的船上，而是怀抱一块木板，独自凫游在茫茫大海之中，跌宕于波峰浪谷之间；几次被海浪打翻，几次又挣扎着爬起……

后来，我更换了生命中的第三个心脏起搏器。养病期间，虽然几经修改，但还是没有底气拿出去示人，总觉得缺乏质地实沉、色泽温润的内涵。

于是，我决意安静下来补练内功——沉淀情感，积累语言，核查资料，充实细节，力求找到与这部作品更相吻合、愈加贴近的感觉。

去年十月，我到古海上丝绸之路的发祥地泉州，在好友忆虹、从桥的帮助下，考察了古海港、渔村及海岸地貌、人文环境与民俗风情……

功课做得扎实，心韵自然丰盈。仿佛有神灵相助，我那老迈衰微的躯体，精力和才思一时间有如飞瀑狂泻，一鼓作气将这部长诗做了大段大段的改写、补充与修饰，从而圆满定稿。

我崇尚道。凡做一件事情，皆用最大的心气、心力，尽可能达到极致的完美。

疲惫与欣慰交集，感慨如五味杂陈。上岸回头看“海”，好似劫后余生。抚摸累累伤痕，不觉悲从中来；而转念之间，又感喜不自禁，身心通透如惠风和畅。临风把酒，悠然品茗。嗟夫，逝者如斯！而我，心空如海。

我国自古以来就是诗歌大国。南怀瑾先生说，中国文化在文学，文学的精髓在诗歌。一个没有诗歌的国度如同荒漠；一个没有诗意的人，如同一枚没有浆液的干果。

前几年，老诗人贺敬之先生提出了“创建有中国特色新诗体”的命题；诗评家也呼吁，中国的诗，应该打着自己的旗帜，走我们自己的路。近期，有诗人群体重提诗歌的叙事和现实主义，旨在成全当下诗歌自我困囿的突破，

的确，写这么一部近五千行的叙事史诗，对一位迟暮之年的老者来说，当是个严酷的挑战。诗人说，人生便是在海洋上，没有陆地。而写作者的人生，更是无涯的汪洋大海，永远难以抵达心中期冀的彼岸。我，从未停止过那分冀望，总是力所能及地向着彼岸划行。

我出生在江汉平原。深厚而浪漫的荆楚文化，浸润着我的骨髓。

所以在创作这部长诗时，我力求将古典诗词、民歌、戏曲、民间小调等，与现代诗糅合一体，着力创造出自己独有的诗风和意象。努力做到明白如话——好懂，朗朗上口——好诵，音韵如歌——好唱。

序曲、尾声和副歌部分，显然是民歌、小调味道；而在描写主体故事的那八章中，因为要将那个沧海万世劫的宏浩繁复的事件，叙述得脉络清晰、因果有序，自然要融入现代诗的手法，且尽可能做到语言精炼、意境诗化；同时相机化入了或雄浑、或深沉、或曼妙、或空灵、或细腻婉约的抒情。

我深知，写诗需要充沛的激情和敏感的心灵。书写这部长诗对我而言，更需要胸襟、耐性和沉静的坚守。我像一名隐逸于坊间的老道，用细柴文火，不紧不慢地煎熬着一剂百味中药。几经精提粹取，然后炼蜜为丸……

这一熬一炼，竟是四年半的光阴啊！我仿佛在艰辛放逐的路上，匍匐前行了一千六百个日夜。几度寒暑风雨，霜雪落满了已如衰草的鬓发；日车月轮，碾轧出了深如沟壑的辙印。而这赐予我生命煎熬和疼痛的，正是上苍对我的恩惠啊。

是的，我把岁月远久的渔歌，变成了一个个方正的汉字。读者诸君鉴赏到的，当是作者释放的一分晚景夕晖吧！

少时读诗，曾惊疑“燕山雪花大如席”的夸张。旅居燕赵数十载，真切感受到了北方冬天的寒冷与漫长。春季已经来临，凛冽却迟迟不肯退却。我常常蜷缩在冰冷的书房里，恍惚在漫天风雪中跋涉，苦兮兮地翘盼阳光与火的惠顾。

那天午后，当我修改完最后一页诗稿，仍兴犹未尽顾盼全篇时，蓦然发现书房的地板上，竟稠稠地泼洒了一层蜜汁般的阳光。我欣然，啊，春天终于来了！

因而我自信，翻过今天的日历，待明晨瑰丽的朝霞冉冉升起，我依然拥有新一轮温馨、惬意的阳光！

啊，阳光，与你与我同在。你我携手，一起去感悟那遥远的波澜壮阔的海！

十分感谢 95 岁高龄的诗坛泰斗贺敬之先生题写书名。这是诗坛之幸事，对作者更是莫大的鼓舞；感谢著名评论家梁鸿鹰老师的青睐，于百忙之中为本书作序；感谢作家出版社领导及编辑田小爽老师在炎炎夏日审稿、编稿。呈献给读者的这部作品，应该是作者、编辑和众多师友的共同创作。

张秋铧

2017 年初夏之夜于晚耕堂

图书在版编目（CIP）数据

涛声回响六百年：钓鱼岛之歌／张秋铧著．-- 北京：作家出版社，2019.4

ISBN 978-7-5063-9734-6

Ⅰ.①涛…　Ⅱ.①张…　Ⅲ.①诗集-中国-当代　Ⅳ.①I227

中国版本图书馆 CIP 数据核字（2017）第 248030 号

涛声回响六百年——钓鱼岛之歌

作　　者： 张秋铧
封面题字： 贺敬之
责任编辑： 田小爽
装帧设计： 百丰艺术
出版发行： 作家出版社有限公司
社　　址： 北京农展馆南里 10 号　　**邮　　编：** 100125
电话传真： 86-10-65067186（发行中心及邮购部）
86-10-65004079（总编室）
E-mail: zuojia@zuojia.net.cn
http: //www.zuojiachubanshe.com
印　　刷： 北京明月印务有限责任公司
成品尺寸： 152×230
字　　数： 140 千
印　　张： 13.75
版　　次： 2019 年 4 月第 1 版
印　　次： 2019 年 4 月第 1 次印刷
ISBN 978-7-5063-9734-6
定　　价： 35.00 元
